明日できることは今日はしない

すべての男は消耗品である。Vol.5

村 上 龍

幻冬舎文庫

明日できることは今日はしない
――すべての男は消耗品である。Vol.5

CONTENTS

他人の話を面白いと思ったことは もの心ついた幼児の頃から数えても、十回もない。

ムラカミズ・レーベルの新譜四枚の発売と、NGラ・バンダの来日に伴い、某大手レコードチェーン店とタイアップしてキャンペーンをやった。

東京ではデパートの中にそのレコード屋があって、トーク・ショーというやつをやったわけだが、雑踏の中でやっている感じで、私としては疲れた。

雑踏に近い場所で喋ったりするのは苦手だし嫌いだったが、ムラカミズ・レーベルの売れ行きは極度に悪いので、しょうがない。

店内のあちこちで他の音楽がかかっているし、トーク・ショーとは無関係な客も当然のことながら大勢いて、そういう人々は私のことを「誰だ、あれは」という顔で見ている。

デパートを散歩しているだけという人も大勢いて、喋っている私の方をチラッと見て、そのまま興味なさそうに、何事もなかったように、素通りしていく。

トーク・ショーそのものや、その運営に腹を立てているわけではない。

昔、バブルの時代に何回かやった講演会風のトーク・ショーではなくてキャンペーンなのだから、しょうがないのである。

だが、やはり私は、雑踏に近い形の中で喋るのは嫌いだ。

それは恥ずかしいということもあるが、基本的に何も喋ることがないからだ。

私は、人数には関係なく、不特定多数の人達に向けて一方的に喋る講演会ができない。

できないということに自分で気付く以前に、間違って何度かやってしまったことはあるが、気付いてからはやらない。

誰かに質問してもらったり、対談したりという、いわゆるトーク・ショーという形式だったら、今回のように何とかこなすこともできる。

不特定多数の人に向けて喋ることがないということを本当に理解して貰えるだろうか？

確かに、私は旅行も多いし、私だけが持つ情報というものもある。

だが、その情報は、私の中で組み合わされて言葉になるべきもので、他人に話すものではない。

他人に話すことというのは、他人が知らないことについての説明とか指示というやつだろうと思う。

医学的な新しい発見についての説明、パリ〜ダカール・ラリーのその日のルートについての説明、そんなものだ。

坊さんや神父の説教というのもあって、そんなもの私は聞く気はないが、その存在は理解できる。

例えば銀座や六本木の女の子のいるクラブやバーに行って、横に女の子がいても、私には話すことがない。

何か聞かれれば答えるが、こちらからこれといって言うこともないのだ。

そういうバーのシステムは高い金を払って疑似デートをするわけだが、私は若い頃もデートの時に話すことがなかった（デートもそんなにしたことないけど）。

つまり、やりたいことははっきりしてるが、話すべきことはないというわけだ。

でも、「あんたの話はつまらない」と言われたことは少ない。


世の中には話し好きと呼ばれる人々がいる。

お喋り、も同じだが、その種の人々は他人の話をほとんど聞かない。

テレビなんかで、聞き上手と呼ばれる人でも、その人が「話し好き」の場合は、ただ自分が話したいという目的のために、聞くということを手段として利用するのである。

「聞き上手」と言われる人は、ただコクンコクンとうなずく人ではない。

ただあいづちを打つだけでもだめで、反応がうまいのだ。

本当は、反応上手というべきであろう。

私は小学生の頃から聞き上手と言われてきた。しかし、私は人の話を聞くのがものすごく嫌いだ。

他人の話を面白いと思ったことはもの心ついた幼児の頃から数えても、十回もない。

他人の話というものは、私にとって常につまらないものだった。

どんなにつまらなくても聞かなくてはいけない場合がある。

上役や教師の説教ではない。そんなものは避ければそれで済む。

病気になった時の専門医の言葉や、まったく様子や言語がわからない海外の場所でのガイドの言葉である。

そういうのはしょうがないから聞くようにしている。

他人の話を聞くのが誰よりも嫌いな私が聞き上手と言われるのは、適確な反応をするからである。

上手に驚いたり、しきりにうなずいたりしても、「あ、こいつ、わかってないな」と思われたら、話し手は白ける。

場合によっては、話し手が話したことについて、「なるほど、それはつまりこういうこと、ですかね？」とさらにわかりやすく言葉を選んで「反応」してやる。それが聞き上手と言われる条件なのだ。

つまり、聞き上手というのは、一種の通訳だと言ってもよい。

話し手よりも、多くの情報を持ち、言葉の組み合わせ方に精通した人、である。

私はどうして話すのも他人の話を聞くのも嫌いな人間になってしまったのだろうか？

疲れてしまうのはなぜだろうか？

話したり聞いたりするのは、パフォーマンスであり、プレイだと思う。

現在進行形の、音楽的な表現だ。

私は、パフォーマンスの現場ではひたすら情報を集めて、それを後で一人で分析するのが好きなのだろうか。

だとしたら、オタクの走りではないか。

その情報を再構成することが好きなのだろうか？

どうしてこんなことを考えているかと言えば、『KYOKO』の撮影がそろそろ懐しくなってきたからだろう。

特に、アメリカ東海岸での撮影だ。

脚本を書いている時から、キャスティング、前日に絵コンテを描く時まで、何回もシミュレーションを重ねて、撮影と演出をイメージする。

あるいは、でき上がりをイメージして、編集時の絵を演繹して、脚本や演出を考えるわけだが、どれだけシミュレーションをやり、リハーサルを重ねても、「現場」では何かが変わってくる。

その変化に応じる、自分のキャリアと、情報と、直感が常に試される。

それも、かなりの疲労の中で、カメラマン以下のクルーと俳優達の監視の中で、試される。自分の直感を信じるしかないという状態がえんえんと続くのが撮影で、特に『KYOKO』はクルーがアメリカ人だったので、ジョークを言って雰囲気をやわらげたりできない分、その状態をリアルに感じることができた。

雑踏に向かって喋るのが得意なのは政治家だ。

革命家が喋りかけるのは「雑踏」ではなく意志を持つ人民であり、同志だから、やはり雑踏に向かって話すのは政治家だけだ。

アメリカでの撮影が懐しい。あんなに大変で、あんなに楽しいことは今までなかった。

また、アメリカで映画を作りたい、私は切実にそう思っている。

映画『KYOKO』の絵の編集のためにロスアンゼルスにいる。

今まで、L・Aと日本でそれぞれ独自に編集してきて、ビデオやFAXのやりとりを重ねてきたのだが、それを一つの決定的な形にしようとしているわけだ。

サウンドのミックスは、さらに一ヶ月をかけて、それでようやく映画が完成する。本当に長かったが、もうすぐ終わる。

私と、アメリカのエディター（編集マン）との間には、価値観の違いがあって、もし決定的な意見の食い違いがあれば、北米ヴァージョンと、日本・欧州・その他ヴァージョンを二本作るという契約になっている。

それはマスター・ネガを二本作るということで、合理的ではなく、私もロジャー・コーマンもできれば避けたいと思っていた。

映画『KYOKO』の編集は、ジム・ステラーという二十七歳の若者だが、ものすごく優秀だ。

優秀という意味は、脚本をよく理解し、ストーリーから、登場人物の行動や台詞の意味を探り、優先順位をはっきりさせて、「不要」なパートを削り、ショットの組み合わせを決めていく、ということだ。

ジムは、UCLAの映画学科を出て、ロジャー・コーマンのオフィスで働くというアメリカの若い映画人の王道を歩むエリートで、アメリカ映画の価値観をある意味で代表している。

それは一口で言うと、「映画は観客のためのものだ」ということだ。

映画は作り手のものではなく、見る人間達のために作られなくてはならないのである。

何を当たり前のことを、と言われそうだが、それは映画のマーケットが巨大でなくては成立しないポリシーであり、表現などという精神性にこだわらないために、驚異的な新技術が次々に生まれることになる。

それは、アメリカ映画のもっとも優れた側面だと思う。

ニューヨークのインディペンデントの映画人は少し違う。L・Aよりもアーティスティックな指向がある。

それは、市場が狭く、製作資金が少ないためだ。

ジムに代表されるアメリカ映画の価値観にじかに触れることは貴重な体験だった。

彼はスタティックな長回しのワンショットを好まないし、ストーリーと無縁のショットも捨て去る。

だが、監督である私が「この台詞はどうしても必要だ」と言うと、全体を考えて、納得した場合に限り、何とか工夫して活かそうとしてくれる。

「軽快なテンポ」ではない。

アメリカ人の観客は「我を忘れるため」映画館にやってくる、ということが細胞にまで刻み込まれているのである。

そういうポリシーが、基本的に私は好きだ。

(あ、疲れてきた、時差がとれてなくて、ムチャクチャ眠い)

ジェット・コースター・ムービーというと、内容がゼロの、見終わって何も残らない映画を思い浮かべてしまうが、ジェット・コースターだって作ろうと思えば、横断歩道橋よりははるかに高価だ。

(本当に眠い)

ジムが使っている編集のシステムは非常に興味深かった。

コンピュータが編集する。
六、七年前のビデオ・システムだったら一億以上するテクノロジーが、コンピュータ・ソフトに組み込まれていて、ものすごく複雑な作業が、一台のコンピュータによって可能になっているわけだ。

便利で驚いたが、日本にもあるのだろうか？

（ここから、翌日に書いている。昨日よりは時差が辛くない。でも、もう、今から日本に帰る）

昨日、ラストのエディティングをやって、私とジムの確認のスクリーニング（全部通して見ること）をやって、「これで絵は決まった、あとは一ヶ月後に音を付けてそれで完成だ」と、勝手に喜んでしまって、とんでもない失敗を犯すところだった。

高岡早紀演じるキョウコの踊りと音楽のシンク（双方を合わせること）のことだ。

踊りは、全体を一度バラバラにして、それでつなげてあるので、最初の段階では当然音楽と合っていない。

三つあるダンスのシーン、そのうちの一つでもっとも長い、ニューヨークのバーでキョウコが踊るダンスの最終編集に丸三日間かかった。

私としては、それは「カット」を決める作業で、音楽とのシンクは別の作業だと思っていた。

私が見る限り、その段階では、ダンスと音楽はまったくシンクしていなかったからだ。

誰もが、私と同じように、シンクしていないことに気付いていて、後で、シンクしているカットを参考にして、調整してくれるものと思っていた。

そうではなかった。

私以外は、ダンスと音楽がシンクしていないことに誰も気付いていなかった。

何をバカなと思われるかも知れないが、キューバのダンスについては、みんなが間違えるのも当然なのだ。

というのは……説明が難しい。

つまり、キューバのビートは、いわゆるポリリズムというもので、ジャズのフォー・ビートのように（あるいはロックのエイト・ビートのように）、単純に小節を細分化して刻まれるわけではない。

十二小節目にすべてのビートがそろう（だったっけ？）と言われるフラメンコなどのスペイン、ジプシーのリズムと、シンコペーションだけで複数の打楽器が鳴り西洋音楽でいうところの「拍」や「節」が存在しないアフリカのヨルバ系（ナイジェリア）のビート、それらのフュージョンであるキューバのビートは、言うまでもなくとても複雑だ。

ダンスは、その網の目のように張り巡らされたビートの、もっとも気持ちのいい一点を捉えてからだが反応するように踊られる。

だから、ディスコ・サウンドやジャズやロックのビート、モダン・ダンスやソシアル・ダンス、ディスコ・ダンスなどの踊りに慣れてしまった耳と目では、キューバの踊りについて、それが音楽とシンクしているかどうか判断がつかない。

例えば、マンボの場合、西洋音楽（楽譜で示すことのできるもの）の「一小節」の中に、シンコペイドされた八つのビートの点があるとする。

正統的なマンボのステップでは、その八つの点の五番目が起点になるものがある。そのポイントを外して音楽とシンクさせると、一見、合っているようだが、ステップが先に進むに従って、狂いが目についてしまう。

だが、ジム以下、アメリカの編集クルーは、どこでシンクに狂いが生じたのか、まったくわからず、「このダンスはこのようにして踊られるのだろう」と思い込んでいたのだ。

参ったな、と私は思った。

正確にシンクさせるためには、まず音楽をフィックスして、編集で切り貼りされた多くのショットを、それぞれフレームにして1から10程度前後にずらしてみて、チェックしなくてはならない。

ものすごい時間がかかるぞ、と覚悟した。

「～という方法でやらざるを得ないんだけど、君は徹夜になっても大丈夫？」

と、ジムに言うと、彼は笑った。

「このシステムの威力を知らないね」

私達は、日本で普通に行なわれている編集方法だったら、二十時間はかかる作業を二時間で終えた。

やはり私はアメリカが好きだ。

今から一度、日本に帰る。

また、アメリカで映画を作りたい、私は切実にそう思っている。

私の脳細胞はまずいワインのためには一分も稼働しようとしないだろう。

日本シリーズのTVで初めてじっくりイチローを観た。

第一戦、ヤクルトのブロスにポテンヒット一本だったが、ライトを守っていて再三、ものすごい守備を見せた。

脚が速いとか肩がいいのはもちろんだが、全体的なムードが、キビキビして、からだ中にエネルギーが充満してる感じで、おまけに頭が良くて性格が明るいところまでがテレビを通して伝わってきて、あれは誰だってファンになってしまうだろう。

確か先月はL・Aからこの原稿を送ったと記憶している。

L・Aで映画『KYOKO』のカッティングをすべて終えて帰って来たわけだが、その後やはり若干の変更事項が出て、サウンドミックスまでの最終的なやりとりがけっこう大変だった。

編集は、コンピュータで行なわれていて、それが全部OKとなったところで、ネガの切り出しが開始される。

話が専門的になってもしょうがないが、要するに、今、一本の映画が出来上がりつつあるわけである。

基本的なやり方はL・Aも日本も同じだが、向こうの方がはるかにていねいだ。

アメリカとキューバでの撮影がすべて終わって、もう四ヶ月が経とうとしている。

日本だったらとっくに映画は封切られているはずだ。

『KYOKO』は低予算のアート・フィルムでSFXや特殊撮影がなく、フィルムも大して使っていないので（これでも日本よりは何倍も使った）、半年弱で済むが、メジャーの大作だともっと時間がかかるだろう。

完成までの秒読み段階になって、L・Aとのやりとりが慌ただしくなった。

ADR（Automated Dialogue Replacement）、つまり日本で言えばオンリー録りの原稿の確認、高岡早紀が読むナレーションの英語原稿の内容の確認、新たに必要となったダイアローグのリライト、現像所のプリントのタイミング（これによって映像が明るくなったり暗くなったりする）の確認、それと音楽、台詞、効果音などのボリュームとタイミングの確認などを、FAXでやりとりするわけだが、詳しいことをわかっているのが日本では私一人なので、全部自分でやらなくてはならない。

自分でやる、と一口に言うが、当たり前のことだけど、FAXはすべて英語で書かなくてはならない。

その英語も「ハーイ、元気？　この前のあのイタリアンはうまかったね。ほらディーン・マーチンが一人でティラミス食ってたビバリー・ヒルズの店だよ。また、あそこに行こうよ、じゃあ」みたいなやつじゃなくて、「……シーン七五のボランティア・オーガニゼーションにおけるキョウコへのレクチャーのシーンの女医のダイアローグは、以下のような内容になるべきである。すなわち、『……ホセのT４の数は全身で僅か二十八でCDCの基準により末期のエイズ患者ということができる。ホセは抗ウイルス剤に対する副作用が強いために、AZT、ddC、ddIなどの……』以上の台詞は、五十五秒間のシーン全体を被うように、機械的に、しかもスムーズに読まれなくてはならない……」みたいなやつだ。

私にはとてもそんな英語力はないが、単に英語だけの問題ではなく、映画の、しかもカッティングを重ねて生きもののように変化した後の映画の状態を知っていなくてはならず、日本語で書いて翻訳に出しても翻訳家から問い合わせが来るに決まっていて、そんなやりとりをしている余裕はない。

かくして苦闘が始まる。

あらゆる英語の辞書と、免疫学事典まで持ち出して、たかだか数百字の英文に三時間もかかったりする。

「……シーン一一四の、ホセとキョウコのウインド・チャイムについてのダイアローグの、ホセの台詞“What about it?”の直後のキョウコのクローズアップのショットだが、今使っているテイク3をやめて、テイク2の、タイムコード三八・〇二・四二・三八から三八・〇二・四三・三三までの部分を使うように……」

なんて、何のことか誰にもわからないから、自分でやるしかない。

英語的な間違いはしょうがないが、意味が違っては何にもならないので、シンプルに、わかりやすい言葉を使って指示を出すことになる。

十一月の四日にまたL・Aに行って、十日間のサウンド・ミックスが終われば、映画はすべて、完成するが、その前に、私は二週間近く、英語でのFAXのやりとりをやって、他の仕事はまったくできなかった。

でも、正直言って、楽しかった。

撮影中には、今、自分はひょっとしたら楽しんでるんだろうな、なんて考える余裕はなかったが、今は少し余裕がある。

FAXを送信して、確認の電話をして、「メモを見たよ、全く同感だ、今からラボにリュウの指示を伝えに行くよ」なんて言われると、無性にうれしくなってしまう。

何でうれしいのだろうと考えると、理由は単純だった。『KYOKO』という映画の細かなディテールについて、アメリカ人スタッフ(現在、私以外にはアメリカ人のスタッフしかいないけど)に伝えたいことが伝わったからだ。

正確に何かを伝えることが非常に困難な相手に、自分の情報を伝える、たったそれだけのことに、これほどの充実感が潜んでいるとは知らなかった。

まず、アメリカ人のスタッフが、私個人の作品である『KYOKO』に、仕事としてのモチベーションを持ってくれなければ話は始まらない。

彼らの名前は映画にクレジットされ、『KYOKO』はアメリカでも商品となるので、彼らはギャラ以上の働きをする。

彼らは金でも動くが、それが日本国内でしか放映されないCFなどの場合は、クレジットに名前が連なるからというモチベーションは発生しない。

言語や文化圏の違う人間とモチベーションを共有したこと、そのモチベーションを産む作品の核が自分のものであったこと、そういう作業をしていく時に、正確にお互いの情報をやりとりできたこと、それらが私の充実感の理由だと思う。

それは、開かれた、社会的快楽である。

似たようなことは四年前のベルリン映画祭でもあった。

『トーキョー・デカダンス』というタイトルで『トパーズ』が上映され、キャパが八百近い大きい映画館が超満員で、大きな拍手で迎えられた時、本当に、足が感動で震えた。

こういったことはクセになる。

知らず知らずのうちに、ムチャクチャうまいワインを飲んでしまったようなものだ。

もう、まずいワインは飲めないし、私の脳細胞はまずいワインのためには一分も稼働しようとしないだろう。

すごく楽しい旅をして、退屈な日本に戻る時、私はいつも呟いたものだ。

「あーあ、終わったか、でも面白かったからいいや」

何とかして、『KYOKO』で味わった快楽を、さらに増幅させて何回か経験したい。

体力のない老人になって、あたふたしないためには、つまり「でも、面白かったからいいや」と思うためには、それしかない。

田舎に銅像が立っても、老人になったり死んだりしたら、そんなものクソみたいなものだからな。

何を最優先にして生きていくか、それは本来、最も重要な問いであるはずなのに、この国ではそれはなぜか重要視されない。


映画『KYOKO』の製作作業が終わりに近づいている。

十一月にL・Aでサウンド・ミックスとプリント・マスターという作業をやり、今、ネガフィルムとチェック・プリントがL・Aから送られてきて、成田税関にある。

税関での検査を終えて、チェック・プリントの試写をやり（日本でいうところの0号試写）、現像所に細かなカラータイミングの指示を出して、アンサープリント（日本での初号）ができる。

今回は、ダイアローグの九十九パーセントが英語とスペイン語なので、日本語字幕を付けなくてはならない。

いつもお世話になっている戸田奈津子さんと一緒にそれをやって、私の仕事は、宣伝を除いて、終わる。

長い仕事だった。

アメリカ人と一緒に仕事をしたのも初めてだった。

撮影中は必死だったし余裕がなかったので気付かなかったが、私の中の「情報」がケタ外れに増えているのがわかる。

基地の街で生まれ育った頃から、アメリカ人は「他者」だった。

強くて、言葉が通じない。

すぐ身近にいるのに、自分との客観的な関係性が見えてこなかった。

彼らの音楽から映画、文学、コカ・コーラやハンバーガーからファッションに至るまで、それに憧れるか、一方的にバカにして拒否するかのどっちかだった。

もし、キューバを知らずにアメリカで撮影をしたら、『KYOKO』の物語は破綻していたと思う。

キューバとその音楽の存在が、私とアメリカの関係を客観的なものにしている。

私とアメリカ人スタッフ、キャストの間には、映画『KYOKO』があった。

私はまったく余裕がなく必死だったし、彼らも自分の名前が映画にクレジットされるので同様に必死だった。

映画の現場が独特のテンションの高さを持つのはどこの国も同じである。

ただ一緒に旅をしたり、一緒に仕事をしたりしても、それは映画の撮影とは違うと思う。

私は彼らと共に映画『KYOKO』に奉仕したのである。

映画の編集作業を終えた頃に、小説『キョウコ』を書き下ろした。

書いていて、私はデビュー作を書いていた時のことをずっと思い出していた。

まるで、生まれて初めて小説を書くように、『キョウコ』を書いたのである。

それは「新鮮な気持ちで」というのとは違う。

自分が、『限りなく透明に近いブルー』を書いた時の「精神」に戻ってきているのを感じた。

そのためかどうかはわからないが、『キョウコ』の小説のラスト近くに、「再生」という言葉がひんぱんに出てくる。

エイズで死んでいくホセという登場人物の台詞として出てくるのだが、書いている時に、私自身が小説家として再生しているような気分になった。

再生というのは、死地からカムバックしてくることだけではない。

この場合むしろ進化といった方がいいのかも知れない。

つまり、自分の情報量の劇的な、爆発的な増加である。

私は「情報」と言っているが、それを「世界」という人もいる。

私は常に情報に飢えていたし、今もそうだ。

私がいうところの情報は、『ニューズ・ウィーク』やCNNニュースやインターネットなんかにはない。

教養や、報道ではない。

基本的には、肉体的な経験であり、サバイバルのための実践的な哲学素材のようなものだ。

「……アナルにピンクローターを挿入し、スイッチを入れて震動させ、ヴァギナでセックスすると、アナルの震動がペニスに伝わってきて……」

みたいなことを雑誌で読んで、なるほど、と自足しているのがこの国の現状だ。

小説家の処女作には、彼が第一作を書くまでの情報がすべてつまっている。

その後情報は増え続け、技術も向上するが、処女作を越えることはない、とよく言われる。

『キョウコ』が『限りなく透明に近いブルー』を作品として越えたなんて思っているわけではない。

作品として越えたということなら、『コインロッカー・ベイビーズ』で充分だ。

『キョウコ』は『……ブルー』の精神の続編として、デビュー作にあった抒情性を獲得したのである。

デビュー作に、戦略的にではなく戻って来たということは、二十年間にインプットした情報が、デビュー作を書く際の情報の蓄積を上回った、ということになる。

それは小説家としてのキャパシティの拡大だと思うが、映画を撮り続けていなかったらあり得なかったことだ。

そして、私はそれらのすべてのことを戦略として行なったわけではない。

「戦略」などが有効なのは、戦場がはっきりしている戦争においてだけだと思う。

その状況での価値観が単純な時にしか「戦略」は役に立たない。

但し、その状況下での、最優先事項というものが存在する。

『KYOKO』の映画も小説も、そのことが重要なテーマになっている。

「……最優先事項が自分でわかっていないと不安に対処できない……」と、キョウコは考えている。

何を最優先にして生きていくか、それは本来、最も重要な問いであるはずなのに、この国ではそれはなぜか重要視されない。

それは、この国の共同体が外からの具体的な脅威にさらされたことがないからだ。

最優先事項がわかっていない場合には、さまざまなことが困難になる。

例えばよい具体例が、「交渉」である。

この国には、「交渉能力」という考え方が実際にはない。

それは、本当の意味での交渉ではなく、人間のコネクションで、つまり「内部調整」でものごとが決定されていくからだ。

二者、三者間の交渉というのは、それぞれの最優先事項の衝突となる。

従って、交渉に臨む際には、相手の最優先事項をしっかりとイメージしなければならない。

相手の最優先事項は、相手の文化と経済的なポリシーに関係している。

ほとんどの日本人には「交渉能力」が欠如している。

それは、それが必要なかったからだ。

しかも、あらゆる交渉には最優先事項を明らかにすることが絶対的に必要だということすら曖昧になっている。

今、頭のいい人々は、無意識のうちに、個としての最優先事項を捜している。

子供から老人まで、そうだと思う。

共同体は、ついに個人に規範を示すことができなくなった。

内部での陰湿な殺し合い（「いじめ」みたいなやつ）は、どんどん増えていくだろう。

希望は、あくまで個人の、最優先事項の中にしかないのに――。

南米やイタリアの超一流のサッカーを引き合いに出して、Jリーグのサッカーを下手くそ、とけなすのは悪いことなのだろうか?

映画が完全に終わってしまった。

この原稿が活字になる頃には、マスコミ向けの試写や、有名人を呼ぶプレミア試写が始まり、二月末から公開になる。

「長い仕事だったな」と別に感慨にふけっているわけではないし、次の仕事はもう既にずいぶん着手が遅れているのだが、まだやる気が起きない。

面白かったことがついに全部終わってしまって、次の面白いことまでずいぶん時間が空いてしまうな、と思って、たぶんガックリ来ているところなんだろう。

ガックリと落ち込んでるわけじゃないが、からだに力がみなぎるという状態とは程遠い。きのうだったかな。

この連載をまとめた単行本の第四集を、ボーッとして読んでいる自分に気付いて、少しガク然とした。

第三集は映画『トパーズ』のことばかり書いていたが、第四集は、当たり前だけど『ＫＹＯＫＯ』のことばかり書いている。

まったく、今読むとイヤになるくらい、ＫＹＯＫＯ、ＫＹＯＫＯ、の連続だ。

今、読み返すと、恥ずかしい部分もある。

撮影の前後では、使用前・使用後、みたいに自分の情報が変化したので、撮影前のエッセイの自分がまるでアホみたいに見える。

「私は今、絶望している……」なんて、脚本をうまく書けないものだから、偉そうに嘆いている。

ただ、アホだなと、当時の自分を思うけど、今の自分と一貫しているのはわかっているから、嫌いとかそういうのとは違う。

小さい頃のアルバムを見ている感じと言うべきかな。

（あれ、書くことがなくなってしまったぞ）

目下のところの楽しみは、衛星放送とＷＯＷＯＷによるＮＢＡとサッカーの観戦だ。

アメ・フトも見るが、アメ・フトはプレイオフが始まってからの方が面白い。

一番好きなのは、やはりサッカーだが、ついＮＢＡも観てしまう。

ＮＢＡのプレイヤー達の中で、黒人選手（いやアフリカン・アメリカンと言うべきかな）

は、ほとんどみんな坊主に近いヘアスタイルをしている。

短く刈るだけじゃなくて、ツルツルに剃り上げるのもたくさんいる。そのツルツルの代表は、マイケル・ジョーダンとチャールズ・バークレーだが、他にもレジー・ミラーとか、すごい選手に限ってツルツルという印象が強い。

彼らは、非常に精神的な顔をしている。

マイケル・ジョーダンと、チャールズ・バークレーと、レジー・ミラーの三人に、僧衣を着せて、チベットやタイに派遣し寺院の前でフォト・セッションをやれば、本当に偉人に見えるはずだ。

バスケットというのは、アフロ・アメリカンにとっての運動能力の集大成みたいなスポーツなので、超優秀な人は、その種の最高峰の精神性を帯びてしまうのではないだろうか。

バカ面とか、醜い顔というのが、NBAのスター選手にはいない。

みんな、何か、本質的な修業にじっと耐えてきた、という顔をしているのだ。

レイカーズのセバロス、ダラスのJ・キッド、マイアミのモーニング、ヒューストンのオラジュワン、マジックのオニールとアンフェニー・ハーダウェイ、スパーズのドレクスラーとロビンソン、ネッツのコールマン、ピストンズのデュマースやヒル、たぶん彼らは（あ、大好きなロッドマンを忘れてた）ムチャクチャ頭がいいんだろうと思う。

先日、ＮＨＫ・ＢＳ１で、ブラジルとアルゼンチンのサッカーの親善試合が放送された。セリエＡばっかり見てて、サッカーの楽しみがイタリア風になってるところへ、本場南米の、フレンドリー・マッチとは名ばかりのイエローカードが十数枚乱れとぶようなハードなゲームを見せられると、ウーン、と唸ってしまった。

やっぱり、南米のサッカーはすごい。

何がすごいかって、みんなうまい。

日本のサッカーは、四―四―二とか三―四―三とか、フォーメーションばかり言ってるけど、そんな低レベルの話が通用するんだからイヤになる。

ブラジルやアルゼンチンやコロンビアやイタリアや西ドイツやオランダが、フォーメーションで悩んでるなんて話は聞いたことがないし、ゾーンプレスなんて言葉が既に死語になるくらい、世界サッカーの運動量は年々すごくなっている。

ブラジルの、新しい10番、今イギリスのプレミアリーグにいるとかいう、ジュルジーニョだかジルジーニョだかいう選手（本当はジュニーニョ）はすごかった。

二十一とか二十二とか言ってたな。

アルゼンチンの、ロペス、オルテガ、という二人もすごかった。

カミソリみたいなドリブルとフェイント、イタリアのデル・ピエロとか、キエザ（サンプドリアのFW）とかとまた仕様が違う。

南米の頂点のサッカーを見た後で、セリエAを見ると、ものすごく悪い言い方をすると、「ただ必死に走り回ってるだけ」という感じがしてしまう。

さらに、天皇杯の二回戦、なんてのまで見てしまったから、気分はバッド。ローマのサン・ドメニコのフンギのフェトチーネを食べた次の日に、屋台の腐ったラーメンをつい食ってしまったような、そんな気分になってしまった。

私は、Jリーグ誕生からずっと批判し続けたので、さぞ、サッカー関係者から嫌われていることだろう。

スポーツは残酷だ。

子供にだってわかってしまう。

Jリーグのサッカーはレベルが低い、というのは地球が自転しているというのと同じくらいはっきりした事実だ。

南米やイタリアの超一流のサッカーを引き合いに出して、Jリーグのサッカーを下手くそ、とけなすのは悪いことなのだろうか？

とんでもない。

そういう人が少ないから（みんな、Jリーグ人気のおこぼれにあずかろうと、おべっかしか言わない）、たった三年目にして、メッキが剝がれ、プロリーグの危機を早々と迎えてしまうのだ。

次期代表監督選任問題のあの醜態は一体何だ？

日本の、本当のサッカーファンはみな情けなくて泣きたい気分か、バカバカしくて、笑いたい気分だろう。

ワールドカップなんか本当は絶対にやっちゃだめだ。

別に日本サッカー界にイジワル言ってるわけじゃない。

今の日本でワールドカップをやるという発想は、あらゆる意味で、サッカーに対して、ワールドカップに対して、失礼だ。

そういう、世界への認識の欠如が、ＮＹの大和銀行の事件を生んだ。

ルーツはみーんな同じだ。

また話題を変えよう。

Ｊリーグの話は暗くて、よくない。

オール・ブラックスのロム（ロムウって表記になるのかな？）を、イタリアとのテストマッチで観た。

すごい。

ワールドカップ決勝では南アにしっかり押さえられていたのでよくわからなかったが、ロムはすごい。

私は、妖怪人間ロム、というニックネームを付けました。

じゃあみなさん、よいお年を——。

住専だろうがオウムだろうが、あんなニュースを見てると脳が腐る。

今年は年末年始、ずっと日本に居て、映画『KYOKO』の余韻と、日本に居ることの苛立ちを味わいながら日本酒を飲んでいた。

四十を過ぎて、キューバとの間を何回も往復しているうちに、年だなあ、と思うようになった。

体力的なこともあるし、息子がもうすぐ高校生だという感慨も作用して、より強く、年を感じる。

食生活も変わった。

ほとんど肉を食べない。

別に意識して変えたわけではないのだが、深夜に焼き肉みたいなパターンがほとんどなくなった。

（こんな年寄り臭いことを書くの止めようかな。でも本当のことだし、自分で面白がってる

から、いいか）

それと、日本茶が好きになった。

「必ず、ぬるい湯で入れること」と但し書きのある京都の何とかという百グラム〇千円の玉露を、熱湯で入れて飲んでいる。

茶碗は有田焼きで、貰いものだが何とかという名人の作だ。

日本酒はつい最近飲み始めた。

古々酒吟醸とか大吟醸という変にバカ高いやつを、熱燗で飲む。

徳利や盃は、やはり有田焼きですべて何とかという有名な人の作品だ。

酒の肴は、成城石井青葉台店からいろいろ買ってくるが、富士の山裾で作られている限定版のそぼろ豆腐とか、送られてくるシャケを自分でさばいて作る生イクラのしょう油漬けとか、利尻島や長崎の生月島のウニとか、黒豆の納豆とか、そういうものを食べる。

自分で工夫して、たとえば、キャビアのしょう油漬けとかを作ることもある。

昔、バカみたいに見栄で買い込んだベルーガ・キャビア一オンス缶を開け、ものすごく目の細かなザルに入れて、二、三時間、水にさらして塩分を抜く。

それを、酒、ミリン、しょう油につけて三、四時間すればできあがり。

これは、うまいかというと、あまりうまくなかった。

フランスから空輸された出来たてのカマンベールを、静岡の本わさびと、石川のたまりじょう油で食べるというのもやった。

これを肴に、腰の強い大吟醸酒を燗にして飲む。

日本酒は熱燗の方が絶対にうまい、みたいなことをエッセイに書くのはやはり空しい。日本にいると、ものすごく居心地はいいのだが、自分が悪しく洗練の中に取り込まれていくのがよくわかる。

ごくたまに、バブルの崩壊を生き抜いたバカみたいに高いフランス料理屋に行くと、私は案外大切にされる。

二十年間小説を書いていると、そうなるものだ。そして、そういうことはやはり虚栄心をくすぐられて悪い気分はしない。

フランス料理屋では、一昔前に絶滅したはずの人種をたまに見かける。

銀座のホステスを二、三人連れて、お誕生日でも何かの記念日でもないのにロマネコンティを二、三本空にしているような人々だ。

「ああいう人ってまだいるんだねえ」

と私が言うと、そうなんですよ、困ったもんです。うちはもうかっていいんですけど、と店主がうなずく、という構図の中、たいていそういう時、私はオーパス・ワンを飲んでいる。

テレビは気分が悪くなるのでスポーツかドキュメンタリー以外見ない。

スポーツはセリエAとNBA、そしてNFL、AFLのスーパーボウルへのプレイオフを見た。

今月はなんでこんなどうでもいいことをダラダラ書いているかというと、『五分後の世界II』という書き下ろしを始めて、それ以外のことに対してパーになっているからです。

これから半年、あるいは一年、その書き下ろしにじっくり取りくむんです。というのは大嘘で、あと三十日で書き上げるつもりでいる。

連載の谷間をぬって、一ヶ月で書き下ろしを書くというのはスリルはあるが、大変だ。

ただ、頭の中というか、脳の状態は『五分後……』へ向けて、「その状態」になっているので、日本の現実はなるべく見ないようになる。

日本の現実は、「世界」から遠い。

住専だろうがオウムだろうが、あんなニュースを見てると脳が腐る。

だから日本の現実については、書けない。

映画『KYOKO』は出来上がって、試写ではみんなけっこう泣いたりしている。

宣伝をやらなくてはいけないのだが、私にとっては『KYOKO』は過去だ。

長かったですからね。

KYOKOとの付き合いも、私は四年間に及ぶ。

もういいや、というのが正直なところだ。

K・Y・O・K・O、とスペルを眺めるだけで、ああ、もう終わったのに、と思ってしまう。

『サンデー毎日』の対談も『KYOKO』のパブがらみで始まったのだが、何か、もう飽きた。まだ映画は公開されてもいないのに、自分の中ではもう終わっている。

(三月三十日より、恵比寿のガーデン・シネマで公開です。前売券を買って下さい)

そういうのの、繰り返しだ。

頭の中には『五分後……II』と、その他の小説と、次の映画のアイデアが渦巻いているが、まだそのうちの一つも完成させていない。

一つ一つ、やっていくわけだけど、本人としてはものすごくもどかしい。

だが、その遅い歩みの中にある種の歴史性が宿るのだと自分を納得させる。

話はあちこちに跳ぶが、NHKの『映像の世紀』というシリーズもののドキュメンタリーが終わった。力作です。

ずっとどこかで戦争や内乱や革命が続いてきて、今もどこかで続いている、ということが、イメージできなくなっている自分に気付く。

想像力がどんどんすり減っていく、ぬるま湯のようなこの二十年、歴史に目を向けなければいけないという自覚がある。

たとえば旧ユーゴのこの数年の歴史が、NHK・BS1で『ユーゴの崩壊』という驚くべきドキュメンタリーとして五回シリーズで放映されている。

現在のインタビューと、当時の映像を組み合わせて、ユーゴの崩壊をたどっていく優れたドキュメンタリーだが、これがものすごくわかりにくくて、私はビデオに録ってノートをとりながら、何度も見るようにした。

セルビア人とクロアチア人は、当たり前だけど顔を見ただけではわからない。ある人物は忍耐を訴え、ある人物は平然と暴動を煽動する。ビデオを何度も見ていると、複雑なファクターが交錯して、内戦が始まっていくのが少しずつわかる。

独裁者の一声で戦争が始まるわけではないし、すべてのことが密室での会談で決められるわけでもない。

で、目を日本に転じると、どうでもいいことが山積みになって、あらゆる分野のあらゆる人々が「世界」との接触を拒まれる、という図式が見え隠れする。

日本でがんばればがんばるほど、「世界」からは遠くなっていくが、もちろんがんばらなくては日本で生きていけない。

「世界」が日本を拒んでいるわけではなく、その逆だ。

私は、歴史を書こうと思っている。

日本史じゃない歴史で、そのダイナミズムを描くためには小説の構造を少しずつ変えていく必要がある。

『KYOKO』はたぶんその第一歩だったと思う。

『パラサイト・イヴ』が、オウムの年に出てきたのは決して偶然ではない。

この原稿が活字になって、エッチなグラビアページの間でみなさんに読まれる頃、『五分後の世界II』は書き上げられていなくてはならない。

あと二十日間しかない。

まだ三十枚(プロローグ)しか書いていない。

テーマがウイルスなので、勉強を終了しなければ書けないのだ。

ウイルスのことを書くためには、当然遺伝子と免疫を調べなくてはならない。

『免疫の意味論』(多田富雄・青土社)はすばらしい本だが、どうもわかったようでわからない。

もっと詳しく、というか厳密にやろうと『分子細胞生物学』上・下(東京化学同人)という分厚い本にはまってしまった。

とても難しい。

51 『パラサイト・イヴ』が、オウムの年に出てきたのは決して偶然ではない。

ほとんど外国語を勉強しているようなものだが、たとえば、DNAや核酸、それに染色体という耳になじみのある用語にしたって、その関連をはっきりとわかっている人は少ない。

私もまったくわかっていなかった。

今もわかっているかどうか怪しいものだ。

DNAのあの二重らせんは、たぶん誰でも知っている。

DNAがすべてを決定している、という言い方は非常な誤解を産む。

陥りやすい倒錯の代表的なものは、DNAを臓器的に捉えてしまうことだ。

(あ、止めようかな、まだ「癌」と「免疫」のお勉強がおわっていないのにこんなこと書いてると集中力が拡散してしまうかも知れない)

だが、非常に気になることがあって、それは若い作家の作風に退行的なアニミズムの兆候が見られることだ。

たとえば最もよい例が昨年話題になった『パラサイト・イヴ』である。

ミトコンドリアの核酸に対する反乱がモチーフになっている。

つまりミトコンドリアを擬人化しているわけだ。

若い作家の処女作にあまり目くじらを立てるのも大人気ないとは思うが、生命現象を分子レベルで見ると、まったく意味のない化学変化と物理変化が行なわれているにすぎない。つまり細胞内で支配をふるっているのは物理学と化学の原則であって、細胞器官には意志はない。

多田富雄にしても、本当は『免疫の無意味論』を書いて欲しかったと思う。単純なオン・オフの連続で、生体は信じられないシステムを作り上げている。生物学の先端にいる人々の中に、神とか創造主なんて言い出す人間がいるのも理解できなくはない。無意味と無根拠の中にとどまるのは辛いが、アニミズムに退行するのは私としては許せない。

ただ、自分も小説家だから、単に許せないとこんなエッセイで書くだけではダメなわけで、作品で示さなくてはいけないわけだ。

そのためにお勉強しているのだが、そういう時のお勉強は楽しい。

作品を書いたらどうせみんな忘れるかもしれないが、それはそれでしようがない。

以前から、たとえば椹木野衣との対談『神は細部に宿る』（浪漫新社・絶版）などでも私は「進化、進化」と呪文のように唱えていた。

その頃と今は進化についての考え方が少し違う。今は前より少しだけ厳密になった。

以前は、進化というものを、曖昧に、輝かしいものとして捉えていた。

アメーバのようなものが人間のように知性を備えたものに「進化」するというわけだ。

だが実際の進化はもっと即物的で、それほどかっこいいわけではない。

ＲＮＡの一種の不安定さと、ウイルスの存在が進化に関係しているらしいのだが、要するにそれはデジタルなオン・オフというスイッチングに似て、そこに「意志」とか「意味」はない。

それでは「進化の意志」というものは存在しないのだろうか？

たとえば最初に陸地を目指した魚類を想像してみる。

陸地（たぶん始めは干潟のようなところだっただろう）を目指した魚は、「進化の意志」を持つ選ばれた強者だったわけではない。

海の中にいては生存が危ぶまれる弱小の種だったはずだ。

（強者の方はシーラカンスとして二億年前と同じ姿をしている）

ここにいては捕食されて種としても個体としても滅んでしまう、という「危機感」を抱いた一群の魚達が陸地を目指したはずである。

そしてその大部分は「適応」できなくて死滅した。

突然変異が、つまりRNAの変異やウイルスが彼らのサバイバルを結果的に支援することになる。

しかしそれはあくまでも「結果的に」であり、そこにも神の意志などはない。

突然変異はアトランダムに、確率的には種・個体に対し平等に起こる。

突然変異はたいてい悪い方に働く。

それまでとは違う生体になるわけだから、たいていの場合は順応できなくて死ぬ。

だが、その中のごく一部が、偶然にも新しい可能性となり、新しい環境で生きのびるための必須の形質となる。

そして、その種・個体は「進化」する。

この過程のどこに、誰の「意志」がある？　神などではない。それは弱小な種・個体の危機感だと私は思う。

結果的に見ると、その危機感は特権的なものである。

その危機感を持った種・個体がすべて進化を遂げるわけではないが、危機感を持っていなければ絶対に進化はない。

そして、当然のことだが危機感というものは簡単には持てない。

危機感をキープするのは辛い。

それは、危機感を産む想像力を磨き続けるということで、絶え間ない自己看視が必要だから決して楽しくないし、他者に飢え続けるわけだからエネルギーも要る。

だからそれを「修業」にしてしまうと、逆に想像力は死んでしまう。

必要なのは修業を積んで高みに達することではなく、他者、外部に飢え続けるエネルギーを得るためのモチベーションを設定することである。

想像力の挫折と残骸がアニミズムである。

アニミズムが退行的だという理由はそこにある。

DNAを臓器的に捉えるだけだったら、単に「頭が悪い」で済んでしまう。

だが、DNAやミトコンドリアに意志を与えることは、危機感を悪用する、無知を利用する、という意味で表現者としては許されることではない。

それは、考えることを放棄する、想像力を殺すという意味で、オウム真理教とパラレルである。

『パラサイト・イヴ』が、オウムの年に出てきたのは決して偶然ではない。

あの作品を手放しで激賞した選考委員も含めて、「文学の危機」などと言ってはしゃいでいる事態ではないことが判明したわけだが、まあ、私はそういう事態には腹は立つけど遠くに身を置こうとしているので別にいいけどね。

さあ、さらにお勉強して、『五分後の世界II』を書くことにします。

それでは——。

「ゴールにボールを蹴り込む」という欲望を抜きにしては、戦術は成立しない。

『ヒュウガ・ウイルス　五分後の世界II』という書き下ろしを書いた。四百字詰め原稿用紙四百枚を、二十日間で書いた。もちろん、二十日間という短い執筆期間は自慢にならない。大切なのは、小説の出来だけだ。

だが、二十日間で、しかも『五分後の世界II』のような構築性の高い小説を書くというのは私にとっても初めての体験で、いろいろと新しいインプットがあった。

二十日の間、一日に十時間原稿を書き続けたが、実は「小説を書いていた」という実質的な記憶がない。

入神状態で書いていたわけではもちろんなく、覚醒の極みというか、精神は澄み切って、しかも冴えわたっていた。

曖昧なものは何もなく、やるべきことをやっている自分が、「執筆」という「行為」にぴったりとフィットしている、そういう感じだった。

　実質的な記憶がないのは、自意識が発生しなかったからだろうと思う。「自分」を「意識」することがなかったのだ。

　札幌での、映画『KYOKO』のキャンペーンが全部終わった後、夜の八時から、著者校正を幻冬舎の石原君と始めたが、この小説を自分が書いたという当たり前のことが、信じられないというか、実感がなかった。

　但し、当たり前のことだが他人の小説を校正していると感じたわけでもない。

　うまく言えないな。

　書こうとずっと思っていた小説が、最初から、ポコッと存在していた、みたいな感じだろうか。

　その上、脱稿してすぐに、映画『KYOKO』のキャンペーンで地方都市を回ったので、執筆の記憶はますます曖昧になってしまったのだろう。

　しかし、私は、この時期にどうして二十日間の書き下ろし執筆を自分に命じたのだろうか？

　小説のあとがきでは、映画『KYOKO』の撮影体験から自由になるためだ、ともっともらしいことを書いている。

実際、二十日間しか日数がなかったこともあるし、本当に書くかどうか自分を試したかったというのもある。

映画『KYOKO』は、これまでの映画の中で一番評判がいい。

いろんな人にほめられた。

浅田彰、淀川長治、坂東玉三郎、この三氏から「よかった」と言われたのが、特にうれしかった。

三氏は、価値観がそれぞれ違っているが、美にうるさい。

私は、そういう映画を作ってしまった自分に慌てたのだろうと思う。

映画『KYOKO』から本当に自由になるためには、それ以上、というか、もう一本、別の映画を作り上げる必要がある。

そのアイデアがふくらみ始めているところなのだが、その際に、厳密に考え抜くために『五分後の世界II』を書く必要があったのだろう。

今までは、映画はそれを撮ることを含めて袋叩きにあってきた。

「小説だけは失敗できない」「次の映画こそはよいものを」とシンプルに思うことができた。

誰だってほめられるとうれしい。

ほめられるためにやっているようなものだ。

ほめられると、いい気になる。

いい気になることをどれだけ警戒しても、やはりいい気になる。

いい気になってしまうことのデメリットは、考え抜くことを放棄するという点だ。

どれだけモチベーションがあっても、考え抜くということは辛いので、不安感をキープできなくなる。

危機感を失った人は、考えなくなる。

追い詰められている時は、きちんと不安感をキープして、考え抜くことができる。

全精力を使って完成させた映画をほめられた直後でも自分は考え抜くだろうか？　をテストする必要があった。

自分は作品のために考え抜くことそのものが好きか？　を知る必要もあった。

それらの答えは大体わかっていたが、まあ、作家になって二十年目に、自分のテクニックと集中力を試してみたかったのだろう。

要するに、何だかんだ言ってるが、書きたかったわけだ。

実を言うと、私は非常に警戒心が強い。

極端な形で自分をテストしないと、自分のことを信用しないのだ。

話を変えよう。

日本サッカーが二十八年ぶりにオリンピックに出ることが決まった。

前園、城、という九州出身の若い選手（鹿児島、もう一人、遠藤というのもいる）を見たくて、結局、全試合をＴＶ観戦してしまった。

二十三歳以下の選手達は確かにセンスがよくなり、強くなった。

西野という早大出身の（現役時代は華麗なテクニシャンだった）監督もよいチーム作りをした。

いわゆるサッカーらしいサッカーをしたと思う。

選手達がサッカーを楽しんでいるのもよく伝わってきた。

あのサッカーが、日本サッカーのほとんどベストの方法だと思う。

だが、あのサッカーでは、世界のトップと互角に渡り合えるようになるまで二十年はかかるだろう。

世界のサッカーも常に進化している。

戦術としてはあれがベストなのだが、足りないものがある。

それは、二昔前の、釜本の有名な台詞「わたしはゴールに飢えている」こと、ではない。

ゴールに飢えるといった貧しい飢餓感は今の世界のサッカー界では通用しない。

たぶん、もっとシンプルなことだと思う。

いろいろと複雑なフォーメーションやポジショニングやシステムはとりあえず知っているが、「要するにゴールにボールを蹴り込めばいいんだろ?」という「欲望」が希薄なのだと思う。

「飢え」が成立する時代は貧しく、従って欲望も発生しやすい。

だが、当たり前のことだが、飢えから発せられる欲望はヴァリエーションに乏しく、弱い。

今、欲望は押さえつけられ、それを口にしただけで恥ずかしい、というものになりつつある。

性にしても、女の裸はあふれているが、欲望は圧倒的に抑圧されている。

欲望を抑圧するのと、ストイシズムは別ものだ。

真のストイシズムは、強い欲望を意のままにコントロールすることで、そこにエロスが生まれる。

私達は、欲望を抑圧するシステム、つまり日本的洗練の中にいて、欲望から逆に自由になれていない。

「ゴールにボールを蹴り込む」という欲望を抜きにしては、戦術は成立しない。

十日後に死ぬ、と仮定してみて欲しい。

あなたは自分の欲望と向かい合わなくてはいけないはずだ。

私はいつもそういう風に生きていきたいと思っている。

二十日間という短い執筆期間を自分に課したのは、自分の「欲望」を確認したかったからだ。

私の中では常に欲望と希望が混じり合っている。

欲望抜きの希望は存在しない。

『ヒュウガ・ウイルス』をよろしく——。

次は、ヨーロッパを見返してやる作品を撮るぞ。

箱根にこもって『ヒュウガ・ウイルス　五分後の世界II』を書いた後、映画『KYOKO』は封切られた。

KYOKO、あるいはキョウコという言葉をいったい何十回このエッセイに書いたことだろう。

今、何かボーッとしている。

だいたい私は春に弱い。

花粉症は出ないが、からだと神経が弛緩して、アホのようになる。

暑いとか寒いとかはっきりした方が好きなのだろうが、年も年だし、そんなことばかりも言っていられないと思う。

『ヒュウガ・ウイルス』と『KYOKO』封切りの間に、約一週間、宣伝キャンペーンというやつをやった。

映画『KYOKO』が封切られる地方都市を（大阪、名古屋、福岡、札幌など）回ってテレビやラジオに出演し、新聞や雑誌のインタビューを受けて、宣伝マンになるわけだが、非常に疲れて、それでも主演女優と一緒だったこともあって（食事とか）それなりに楽しいこともあった。

『KYOKO』では、原作本の刊行から始まって、とにかくメチャクチャな量のプロモーション・インタビューを受けた。

小説と映画で、テレビ、ラジオ、新聞、雑誌を全部合わせると、軽く百件は超えるのではないだろうか。

それらのインタビューについて、地方のキャンペーンの最中に興味深いことに気付いた。

「……すべてアメリカ人のスタッフ、主演女優以外のキャストもすべてアメリカ人で、撮影は大変だったでしょう？」

と、ほとんどすべてのインタビュアーに聞かれた。

そして、

「主役以外の登場人物はアメリカ人ですが、キューバ系移民のゲイのエイズ末期患者や黒人のドライバーなどの台詞を脚本で書くのは大変だったでしょう？」

と質問した人は、一人もいなかった。

撮影は確かに大変だったが、映画を撮るということについては万国共通の部分も多いので、何とかなった。

ただし、脚本の方は、何度も絶望するほど難しかった。

脚本では、生きた人間を描かなくてはいけない。

黒人とヒスパニックでは価値観が違うし、ヒスパニックでもキューバ系とドミニカ系では考え方が違う。

ニューヨークと、南部と、フロリダでは住人の意識も違う。

主人公のキョウコが出会うそれらの人々を描くことに失敗すれば、映画は見るに耐えないものになる。

確かに、翻訳者のラルフ・マッカーシーの助言も仰いだし、ロジャー・コーマン以下ハリウッド・インディペンデントの力も借りた。

だが、「脚本」のクレジットはリュウ・ムラカミ一人である。

全部、自分で書いたのだ。

それがどれだけ難しいことかわかって欲しい、というわけではない。

インタビューでそのことに誰も触れないのが異常だと思うのだ。

インタビュアーは全員、撮影の苦労だけしか、つまり生身の肉体を持つ「外国人」との仕事の苦労だけしかイメージできなかったのである。

外国人について想像力を働かすことはイージーだと、日本人は考えている。考え方や価値観が決定的に違うのではないか？　などとは思わない。

昔、『日本近代文学の起源』で柄谷行人が指摘した通り、この国には「文物」として海外の宗教や思想が入ってくる。

それは格闘すべき肉体性を持たない、一種の「教養」であり、「理解」するべきものだ。

伝統としてそのように世界と接してきた私達は、ひょっとしたら外国人は決定的に違う価値観を持っているのではないかという疑いさえ持てない。

自分達の価値観は外国人には理解しにくいのかも知れない、という疑いさえ同様に持ちにくい。

大前提的にすべての人間は理解し合える、という考え方だ。

その考え方が、個人性の浸透した時代で「癌」になっている。

半ば垂れ流しに入ってくる海外の情報と、戦後民主主義と、経済的成功のせいで、個的な価値観は意外に浸透していると思う。

個的な価値観は現実の社会と絶えず衝突するし、ほとんどの人々は衝突を越えてそれを表現する術を知らない。

そこで心身は失調する。

エミール・クストリッツァという旧ユーゴの映画監督と対談した。

クストリッツァはカンヌのグランプリを二度取っているすごい人だ。

最新作の『アンダーグラウンド』はやや過剰・トウマッチだが、『パパは出張中！』『ジプシーのとき』『アリゾナ・ドリーム』の三作はとんでもなくすごい。

『アンダーグラウンド』は、旧ユーゴの悲劇を独特の視点と方法で撮った作品だが、セルビア人勢力寄りの映画であるとフランスの批評家達から難クセをつけられ、クストリッツァは作家で言えば断筆宣言をしているのだという。

「しばらく、撮りたくない」

と彼は言った。

「撮影はわたしにとってヘヴィだ。『アンダーグラウンド』は特にヘヴィだった、ものすごく苦痛なんだ」

でもエキサイティングなんじゃない？　と私は聞いたが、彼は首を振った。

「いや、ヘヴィで、苦痛だ」

『KYOKO』を撮ったので、私にもクストリッツァが言ってることが少しわかる。

彼のやり方は、『コインロッカー・ベイビーズ』や『五分後の世界』のような作品を、一年近く共同作業でつくっていくようなものだ。

役者の持ち味を活かしていくという演出法ではない。

強固な自分の世界へと、役者やスタッフを追い詰めていくようなつくり方だ。

集団的なリハーサルを何十回も行なって、正確に緊張を高めていき、ある具体的なエネルギーをカメラで捉えようとする。

ものすごく疲れるやり方だ。

私はいつかそういう映画をつくるだろうか。

その映画を完成させた後、「もう二度とあんなことはやりたくない」と呟くような、全精力を使い果たすようなものはいつかはつくろうとするのだろうか？

映画『ＫＹＯＫＯ』はヒットしているが、実は私はかなり落ち込んでいる。

ベルリン、カンヌというヨーロッパを代表する映画祭が、良い作品だが、というエクスキューズ付きで、正式出品を断わってきたのだ。

テイストが合わない、というのがその主な理由だった。

もちろん他の映画祭にも出していくが、基本的にある種のエキゾチズム以外に、日本は興味を持たれていないということだろうし、私がつくったのはアメリカ映画だ、ということだろう。

しかし、頭に来た。

次は、ヨーロッパを見返してやる作品を撮るぞ、じゃあ、また——。

私はもう、今のこの国には本当の情報がない、などと言う気はない。

昔、よくこのエッセイにも情報のことを書いた。

すなわち、

「情報にはインフォメーションと、インテリジェンスがある」

「男は持っている情報によって差別化され、情報の少ない男はもてない」

みたいなことである。

たぶんあまり理解して貰えなかったことと思う。今はもっとわかりにくいだろう。

今や情報はあふれている、ように見えるし、現代のこの国の情報は、「数値」と「既存の映像」に代表されて、リアルでレアな情報がどんなものであるか、ますますわかりにくくなっているからだ。

先日、大きなパーティがあった。

懐しい編集者や作家、カメラマンなどに会って、もちろん基本的には楽しかった。多くの人と語り合い、その後銀座ですしを食って、バーでかなり遅くまで飲んだ。

そうやって過ごしていて、しだいに妙な疲れを意識しだした。

最後の方になると、「去年の今頃はノースキャロライナで『KYOKO』の撮影をしていた」などと考えてしまった。

居心地の良さで言うと、パーティ、すし、銀座のバー、に勝るものはあまりない。居心地のいいところに、私の言う情報はあるだろうか？

少し話が飛躍してしまったが、私は銀座で、「去年は本当に、意味的にも距離的にも遠いところにいたんだなあ」と思ってしまった。

懐しく思い返したわけではない。

『KYOKO』の撮影が象徴するものに飢えている自分を意識したのだ。

自分はただノースキャロライナやニューヨークを訪れただけではなかった、ということに銀座で気付いたわけだ。

キューバを知らなければ、『KYOKO』は存在しなかった。

キューバを知ったのは、『トパーズ』の映画を撮ったことがきっかけになっている。

また、『KYOKO』というアイデアが生まれなかったら、ただのキューバ好きで終わったことだろう。

『KYOKO』があったので、私はまるで襲いかかるように、キューバの音楽とダンスに関わり続けた。

完成まで、長い時間がかかった。

その間に、私が得たものは、とりあえず「情報」と呼ぶべきものだ。

だが、インターネットにはたぶんそういう情報はない。

「ノースキャロライナビーチという海岸はどのくらい広く、五月末にはどのような風が吹き、満月の夜にはどれくらいの明るさで砂浜が照らされるのか？」

たとえばそういった具体的なことだ。

私はしかも観光でノースキャロライナに行ったわけではないから、そのビーチを眺める時もものすごいプレッシャーを感じ、たくさんのことを考え、しかも孤独だった。

そうやってある情報が自分の中にたくわえられていく。

それはいつか発火するように小説のアイデアや素材になったりする。

その言葉の持つあらゆる意味で「遠く」まで行かないと、私の場合、情報は手に入らない。

たとえばサッカーの情報。

この原稿が活字になる頃、私はイギリスで行なわれるサッカーの欧州選手権を見に行く。文春の『ナンバー』の欧州選手権特集を始め、いくつかのサッカー専門誌を見たが、そこには何の情報もなかった。

たぶんインターネットにアクセスすれば、たとえばイタリアセリエAの各チームごとの所属選手やすべての戦績がわかるだろう。同様にイギリスのプレミアリーグやスペインリーグもわかるだろう。だが、オランダのアヤックスから誕生したクライファートという十九歳の驚異的なストライカーが具体的にどういう動きとシュートをするのか、インターネットではわからない。日本のサッカー関係者はJリーグが創設されてから忙しくなって、ヨーロッパや中南米の実際のプレイを見ていない。

腕のいいライターやカメラマンは、Jリーグの仕事をした方が金になるので、ヨーロッパや中南米には行かない。

現地に住んでいる僅かな日本人か、外国人のジャーナリストに頼んで海外のサッカーシーンはカバーされる。

要するに、WOWOWやNHKのBS1で放映されるものを除いては、誰も世界のサッカーを「知らない」ことになる。

決定的に、「知らない」のだ。

すごい、という評判の、ポルトガルのフィーゴやブラジルのロベルト・カルロス、オランダのクールフェルト、彼らの実際のプレイをほとんど誰も知らない、ということになる。

私が言っているのは、そういう種類の情報である。

イギリスの狂牛病や北朝鮮関連のニュースの際には、必ず同じニュース映像がくり返し流れる。

毎回同じ映像で、飽きるほどくり返される。

テレビだから映像がなくてはいけない、という理由だけでそういうことが行なわれているようだ。

コンピュータが扱う情報量でいうと、静止画ではない映像は、たとえば文字の何万倍という機能が必要である。

ディスプレイ上に、「牛」という字を書くのと、牛が草を食べ牧草地を歩く映像を映すのでは、その情報量がまったく違うのだ。

そういう単位はとりあえずビット（BIT・Binary Digit）と表されるが、たとえば私がノースキャロライナのビーチで得た情報の量はどうなるだろうか？

人間の脳にある情報を表す単位があれば面白いと思う。

だが、私はもう、今のこの国には本当の情報がない、などと言う気はない。

私が、また『KYOKO』の時のように、自分で得た情報をもとに新たな情報を獲得していけばいいことだ。

ただ、垂れ流しの情報に慣れてしまうと、大切なことに気付けなくなり、怒るエネルギーも失くなり、管理されることが当たり前という異常な事態におちいる。

住専の問題では、二千億とか、三千億とか、みんな平気で口にする。

巨額すぎてイメージができない、ということもあるかも知れない。

イメージできないから、すぐに「異常」に慣れてしまう。

二千億という金があれば、『ダイ・ハード』や『スター・ウォーズ』のような映画が数十本つくれる。

五千億あればハウステンボスをつくれる。

六千八百億あれば『KYOKO』だったら、六千八百本つくれる。

不動産関連の不良債権の総額は一説には三十兆とか四十兆と言われている。

その金は、何もつくり出していない。

誰も怒っていないのは、それがどんなバカげたムダであるかをイメージできないからだ。

イメージするためには想像力が必要で、想像力が働くための素材となる情報は、簡単には

77　私はもう、今のこの国には本当の情報がない、などと言う気はない。

手に入らない。
イメージできない、ということは重大な問題だ。
だが、その重要さに誰も気付いていない。
「イメージできない」ことをイメージできないからだ。

危機感を持っていない人は、どういったものが危機感なのか、危機感を持つとはどういうことか、わかっていない。

英国に行って来た。

サッカーの欧州選手権を見に行ったのだが、キューバ以外の外国は久し振りだった。

この数年間、「外国」と言えばキューバだった。

どうしてサッカーを見ようと思ったかというと、ポルトガルのチームに魅かれたからだ。

私は、見るスポーツで言うと、サッカーが一番好きだ。

だが、何度も言っているがJリーグは見ない。

何度も言っていることだが、Jリーグは下手だから、というのが理由だ。

だから、WOWOWでセリエAを見る。

セリエAは週に二回しか見れないので、どうしようもなくて、まれにJリーグを見る時もあるが、必ず、ものすごく不機嫌になる。

まずい料理を食べさせられた時の気分に似て、苛々してくるのだ。

セリエAを見るうちに、フェルナンド・コート（パルマ）、パウロ・ソーザ（ユベントス）、ルイ・コスタ（フィオレンティーナ）という三人のポルトガルの選手を知った。

彼らがナショナルチームで一緒にプレイするのを見たくなって、イギリスまで行ったわけです。

なぜその三人を好きになったかというと、三人ともサッカーが非常に上手で、そして、いい顔をしていて、それにエキゾチックだからだ。

サッカーが上手、いい顔、というのは説明できるが、そのエキゾチズムをうまく説明するのは難しい。

それは、ヨーロッパの階級社会と、ポルトガル固有の歴史と、それにラテンの陽光がつくりだすエキゾチズムだ。

サッカーを楽しみながら、英国の階級社会について考えさせられた。

イギリスものの本（そういうカテゴリーがあるのかどうか知らないが）にも、階級について書いてあるが、それは実際に目のあたりにすると私達を考え込ませる。

フーリガンと呼ばれる「ならず者」達はもちろんのこと、サッカーファンは、中流以下の人々が多い。

ただし、フーリガンは厳密に言うと、サッカーファンではない。

彼らは、サッカーを見るためではなく、騒ぎを起こしに、乱闘をしに、スタジアムへ行く。

「オレらはサッカーなんて興味がない、人を殴りに、ポリスにひと泡吹かせるために、スタジアムに行くんだ」

と、テレビなどで彼ら自身も公言している。

ヨーロッパ選手権が始まる前に、主だったフーリガンのリーダー達は事前検束されたそうだ。

アジトには、ナイフやオノ、ヌンチャクや鉄パイプから手製の拳銃、軽機関銃まであったという。

フーリガンに煽動されて暴れだすタイプの連中はそれこそ掃いて捨てるほどいる。

彼らは、階級社会の下層、最下層にいる人々で、目立った特徴がある。

まず着ているものが粗悪だ。

ジャケットを着ている者も、スーツを着込んでいる者もいるが、悲しいほど粗悪である。

顔と体型も、違いが目立つ。

違い、というがそれでは基準とされるものは何なのだろうか？

それは、映画などで見るイギリス人の姿形である。

たとえば、ピーター・オトゥールだったりローレンス・オリビエだったりリチャード・アッテンボローだったりジェレミー・アイアンズだったりする。

サッカーを見に来て、フーリガンに従って行動しそうな連中は、そういう、映画に出てくる人間の姿形とは違う。

もちろんすべてがそうだというわけではないが、貧弱なからだつきか、あるいは下腹の突き出た男が多い。

彼らは、また喋る英語の発音やイントネーションが違う。

方言もあるが、それだけではなく、いわゆる上流階級の人々は「美しい喋り方」を訓練するのだそうだ。

キングス・イングリッシュは、伝統に加えて、訓練の果てに完成するのだ。

考えてみれば、イギリスの労働者階級の人間が、ジムに通ったり、テニスをしたり、室内プールで泳いだり、ジョギングをしたりする光景は想像しにくい。

楽しみは、テレビや、パブでのビールだろう。

産業革命の後生まれた近代のヒエラルキーは今に至るまで続いている。

アラン・シリトーや、ビートルズ、ローリング・ストーンズ、それにセックス・ピストルズは労働者階級の英雄だ。

私はもちろん階級社会を讃えたり、支持するわけではない。ない方がいいに決まっている。

だが、絶望的なほどそれはしっかりと根づいていて、表現日本人の小説家が批判するべきものでもない。

労働者階級の子供達の中で、とび抜けた才能や容姿や運動能力を持つ者だけが、表現やスやスポーツに向かう。

だが、英国を被う閉塞感は、想像を絶したものだ。

彼ら労働者階級は、スポーツと、映画や音楽（そしてセックスと酒とドラッグ）で、一瞬のカタルシスを得る。

ビートルズの時代には、まだ、「これから社会的な激動があるのではないか」という不安と期待があったような気がする。

狂牛病のようなトピックスはあるが、もはや価値観そのものが大きく揺らぐような社会的激動を予感することはできない。

つまり、社会的な悲しみも社会的な歓喜も期待できないわけだ。

そういう人々は、サッカー場で騒ぐ以外に何ができるだろうか？

そのような退廃は、もちろん英国だけではないだろう。

日本でも、新しい（というか、以前から存在していたものが顕在化したという方が正しい）階級社会が出来つつあると思う。

バブルの崩壊を生きのびたかどうか、自分の土地を持っているかどうか、コンピュータその他ハイテクに強いかどうか、そんな下らないレベルではない。

危機感を持っている人々と、危機感を持てない人々、である。

私は、『ヒュウガ・ウイルス』という小説でその危機感について書いたつもりだが、充分に理解されたとは思っていない。

危機感を持っていない人は、どういったものが危機感なのか、危機感を持つとはどういうことか、わかっていない。

危機感とは本質的に生存に関わることである。

このままでは自分の肉体もしくは精神が死んでしまう、というものだ。

私はもうそういう日本や日本人に言及したくはない。

キューバを礼讃するつもりもない。

次の映画は、できれば尊敬するあるポルトガル人カメラマンを使いたい。

それで、もっともっとポルトガルを知って、二年後のワールドカップで、さらに意識的に、さらに自然に、ポルトガルチームを応援する……とりあえず、考えているのはそういうことだ。

ポルトガルのサッカーは、本当にすばらしい……。

私が子供の頃、ストレスで死ぬような人は少なかった。

この連載エッセイがスタートしたのは、ええと、十二、三年前ではないかと思う。ずいぶん長く続いたものだなあ、と感心しているわけではない。

連載初期の頃は、主に、恋愛について書いていた。

タイトルは『男と女のいい関係』というものだった。

そこでは、たとえば、北海道にキャンプ（『愛と幻想のファシズム』という小説の取材のため）した時の体験から、エゾ鹿やエゾライイチョウのことが書かれている。

「エゾ鹿は秋に繁殖のための交配をするが、メスをゲットできなかった若いオスが夜に悲しい声で鳴く。その声はとても悲痛である」

「エゾライイチョウは、つがいで行動することが多い。猟師の間では、まずメスを撃て、と言われている。オスを撃てば、逃げていったメスは二度と戻って来ない。だがメスを撃てばオスは必ずその場所に戻ってくる」

そんなことを書いたような記憶がある。

そこで、このエッセイのタイトル『消耗品』が生まれたのだった。

原始の狩猟バンド時代、男が部族間戦争を担当した。

男は何人死のうが構わない。

女さえ残っていればそのバンド・部族は生きのびることができる。

みたいなことも書いた記憶があるが、どうも歴史はそう単純ではないようだ。

戦争の起源についてはさまざまな説があるが、「女児の間引きへの正当性」というのが説得力があるのではないかと思える。

国家成立以前の、つまり狩猟採集時代の戦争は、資源・食料の枯渇が原因で起こる。

戦争は、戦士としての男性優位・至上社会をつくる。

そこで、女の嬰児殺しが行なわれるようになる。

不必要なものとして、女の嬰児が間引きされるのである。

その、現代の常識では残酷な風習は、結果として人口調節になくてはならないものとなった。

つまり、男が戦争でいくら死んでも、人口は増え続けるのである。

資源・食料は、人口の増大によってあっという間に枯渇し、部族全体の危機となる。

ただし、そういういわゆる生態人類学は不備な点もあるし、私はもちろん全面的に正しいとは思っていない。

だが、文化の起源を資源のコスト・アンド・ベネフィットで推論していくやり方は、少なくとも耳を傾ける価値はあると思う。

なぜ、この連載エッセイの初期のエゾ鹿やエゾライイチョウのエピソードを思い出し、男は本当に消耗品か？　などと再考しているかというと、現代の女子高校生の援助交際に興味を持ったからだ。

私は、社会学者やジャーナリストではないので、女子高生の援助交際の実態が社会学的にある何かを象徴しているのか？　といったことには興味がない。

援助交際というネーミングはいかにもこの国らしいと思う。

従軍慰安婦と同じで、本質が曖昧になる。

曖昧にすることがこの国では必要なのだ。

たとえば、従軍慰安婦ではなく将兵用性的奴隷とすると都合が悪くなるわけだ。

何にとって都合が悪いのか？

共同体、ということになるが、この説明は難しい。

「給料日前の二十四歳のＯＬです。援助交際をしてくれる人を探しています」

伝言ダイアルにはそういうメッセージがあるが、「給料日前の二十四歳のＯＬです。売春してお金が欲しいので、わたしのからだを買ってくれる人を探しています」

言葉を変えると大きくニュアンスが変わる。この国のネーミングには、必ず「含み」がある。

それが曖昧さの正体なのだが、それは、他にも、あ・うんの呼吸、などと言われることもあるし、本音と建前、などと言われることもある。

要するに、単一言語・単一民族で三千年近く何とか生きてきた国民だけにわかるような意味のぼかしだ。

援助交際というネーミングが果たす役割は小さくない。

援助交際という新語ではなく、売春という懐しい言葉のままだったら躊躇する女もいるはずだ。

「援助交際をする女子高生達は無自覚のうちに今の日本社会を嫌悪、拒否し、シャネルやグッチというブランド品にとりあえずの価値を設定することによって、日本的なモラルの外側に存在しようとする」

「ＳＭという性的なゲームによって生活と精神を支え、日本的共同体にノーと言っていた数年前の風俗の女よりも、今の女子高生の方が無機的で、あっけらかんとしていて、より現代を象徴している」

というような考え方は間違いではないが、不充分だと私は思う。

ある何かが本当に欲しかったら、人を殺して奪ってもそれを手に入れようとする、というのが私の基本的な考え方である。

女子高生達は本当に欲しいものがない、などという言い方もよく見かける。

私は、彼女達が求めているものの一つが何となくわかる。

だがそれはエッセイで書けるようなものではない。

次の小説のテーマなのでエッセイでは書かない。

映画『ＫＹＯＫＯ』のテーマは、キューバの音楽とダンス、それと、生きていく上での最優先事項、ということだった。

最優先事項を持つ女子高生は、絶対に援助交際なんかしない。

断わっておくが、最優先事項というのは、生き方にかかわることで、趣味的なものからは最も遠い。

というような考え方は今でももちろん有効だと思っているが、実際の女子高生と会って話したりすると、彼女達の絶望に直面して、「最優先事項」なんてことが非常に空しく思えてくる。


たとえば過労死について考える。

過労死という言葉が出てきたのはいつ頃だったか？

私が子供の頃にはなかった。

大人達は今と同じか、それ以上に働いていた。

あらゆる条件が劣悪だったが、ストレスで死ぬような人は少なかった。

今はなぜ多いのか？

答えは簡単だ。

働きがいがないのである。

必死で働いても、誰もほめない。

なぜほめられないのか？

それは、必死で産業界で働くことが、国家的な目標ではなくなっている、と誰もが暗黙のうちに気付いているからだ。

人々の興味は、そこで新しい価値観を創り出すことには向かず、趣味を持とう、余暇を充実させよう、ゆとりを持って生きよう、という標語の奴隷となってしまっている。

91　私が子供の頃、ストレスで死ぬような人は少なかった。

当たり前のことだが、余暇なんかの中に充実感があるわけがない。

あと七十年も生きなくてはならない女子高生達は、少なくともそのことには気付いている。

じゃあ、小説を楽しみにして下さい。

十六歳の女の子は、あと六十六年も生きなくてはならない。

ずっと日本にいる。

八月末にキューバに行く予定があったのだが中止した。

自分はキューバに飽きてきたのだろうかと思うとぞっとするが、飽きるということはないと思う。

たとえキューバでも目的なしで行くのはつまらない。

思えば、この四、五年、キューバは映画『KYOKO』という強い動機と結びついていた。主演女優のダンスレッスン、映画のテーマソングのレコーディング、撮影の準備、シナリオハンティング、そして実際の撮影、そういう時に、「こんな面倒なこと抜きで、単にキューバを楽しむために来れればいいのにな」とよく思った。

ニューヨークだってL・Aだって同じだ。

撮影は強烈な体験だった。

でも、今、遊びでニューヨークに行くのは寂しすぎる。

ああ、また、早く、ニューヨークやキューバで映画や音楽をつくりたい。

そのために、日本にいて、仕事をしている。

日本は居心地がいい。

今年になって、突然カツオが好きになった。

こんなことは三十代になって突然タコが好きになり、四十代になって突然ハモが好きになって以来のことだ。

ほとんど毎日、カツオを食べていた。

ずっと日本にいると、カツオだけではなく日本の現実と向き合うことになる。

映画『KYOKO』を撮り終えて向き合った日本の現実は、女子高生だった。

本当にショックだった。

「女子高生の実態」がショックだったわけではない。

売春とかクラブ通いとかドラッグとか、そういうのは実にわかりやすいし、普遍的だ。

私がショックだったのは、彼女達が実に洗練されていたからだ。

昔、『なんとなく、クリスタル』という小説があって、そのラストは、「いつか、シャネルの似合う大人の女になりたい」という風に終わっていた。ジョークや笑い話ではなく、本当にそういう風に終わっていたのだ。

『なんとなく、クリスタル』は、日本的な洗練のある過程で生まれた小説だった。日本的な洗練は、とどまるところを知らず、発信されることがないので出口がない。『なんとなく、クリスタル』の日本の女は、シャネルが似合う女になって、パリに行くわけではない。

パリも、ココ・シャネルもどうでもいいのだ。

むしろ、パリなどへの憧れを中和するためにシャネルを着るのである。

現代の女子高生は一般的に異様にまともである。

洗練されていて、中庸で、自然だ。

セックスにもドラッグにもシャネルにも、飢えていない。

誰のこともうらやましがってないし、ＳＭＡＰと寝たいなんて思っているのは田舎の子だけだ。

欲望も希望もないから、とりあえずの興味はブランドものやダイエットに向くが、決して無理はしない。

週刊誌やテレビは、例によって、「一部の女子高生の驚くべき実態」なんて騒ぐが、大嘘だ。

「女子中高生がすごいことをしている、世も末だ」と嘆いてみせて、考えるフリをして、逆に安心を得ようとするこの国のジャーナリズムの伝統をただ踏襲しているだけにすぎない。

女子高生には、延べにすると三十人近く会った。

都内の有名私立高に通う女子高生三十人の中で、私の小説のファンは二人だけだった。

二人はかなり特殊で、一人は世の中を呪うボディ・ピアッサー、もう一人は大金持ちの家に生まれモデルのバイトをして四ヶ国語を話す帰国子女だった。

普通の子は私の小説を読んでいなかった。

私の小説が人気がないと嘆いているわけではない。

彼女達は、誰のものであろうが小説なんか必要としていないのである。

理想とする男もいないし、いつか一度はと夢見るレストランも外国も車もないし、いや、ない、というより本当に必要としていないのだ。

彼女達は細分化された好みの情報を受け取り、居心地のいい生活を望む。

カタログ雑誌は買って読むが、信用していない。

テレビはよく見るがバカにしている。

有名人が好きだが、別に有名になりたいとは思っていない。

彼女達に会って、私は生まれて初めて「文学の危機」を感じた。

恵まれすぎて感動というものを知らない若者達などと大人がアホなことを言っている間に、この国の嘘を見抜き、絶望的な洗練を目指しながら、自殺もしない、という女の子達が誕生していたのだ。

彼女達のダンディズムがもし本物なら、この先文学は死滅する。

(もう、今すでに日本文学はほとんど……)

まあ、これ以上書くのは止めましょう。

何しろ、私は彼女達をモチーフにした小説をまだ途中までしか書いていない。

なんで四十四のおじさんが女子高生の小説を書かなきゃいかんのだろうと思ったりもするがしょうがない。

この国の平均寿命は女で八十二、男でも七十八になったらしい。

十六歳の女の子は、あと六十六年も生きなくてはならない。

六十六年!

おじさんやおばさんやじじいやばばあは、若いってすてきねえ、なんてバカなことを平気で言う。

今の日本を支配しているのは年寄りだから(ずーっと、年寄りが支配してきた)、連中は、あと十年、十五年しか生きないので、世の中がどうなろうと知ったことではない。

自分の保身だけが気になる。

このまま世の中がずっと続けばいいと思っていて、そのための努力はする。

どこかで苦しんでる少数者がいても、そっちは見ない。

少数者がうるさく言えば、なだめるフリだけをする。

その年寄り達の下に、そういう年寄りになりたいと思うおじさん達がいて、マスコミの現場等で働いたり、CFを作ったり朝までテレビで喋ったりしている。

何より致命的なのは、彼らは自分達がいったい何に手を貸しているか自覚していない。

世界のことも何一つとして知らない。

そこで金をもうけること以外、他の国には興味がない。

ここへ来て、そういう姿勢があまりにも露骨で目に余るために、たとえば沖縄の人々は真剣に怒っている。

そういう世の中を、女子高生達は誰よりもシャープに見ている。

これから六十六年もこんな世の中で生きていかなきゃいけないので、彼女達はよく見ているのである。

ただ彼女達は発言しない。

ランボーじゃあるまいし、十六歳、十七歳の女の子が言葉を持っているわけがない。女子高生はバカでもないし（当然、中にはバカも多いが）、世間に疎くもない。彼女達は、それでも何かを探しているのだと私は思う。そう思わないと、私は小説を書くという行為を失う。

あと十日で小説は完成する。

ウォーホルのような小説ですよ、じゃあ。

言葉はただの記号だから、強くなったり弱くなったりしない。

女子高生の小説は完成しました。

で、次の小説の準備に入った。

次のテーマは、二〇三九年のサイバーワールドにおけるオリジナリティと病理——文字どおり、悪夢のような二十一世紀を描こうと思っている。

インターネットは確かにすごい。

インターネットには何ができるのか、という論議もないまま、まるで空気のように存在してしまった。

例によって、日本人はこれで経済が活性化するのではないか、と大はしゃぎしている。

本当のところどうなるのかは、私にはわからない。

経済的には日本はこれまでどおり、うまく対応できるだろうという予感がある。

もう既に、インターネット上には、一人の人間が一生かかっても見れない情報があるのだそうだ。

何か、文物として必要な情報を捜す時には本当に便利だ。

小説の資料として必要なので、遅ればせながら、私もパソコン通信とインターネットを始めた。

また、新聞連載小説のイラストを自分でやってみようと思い、フォトショップというソフトを何とか使いこなせるようにと、最近パソコンに向かう時間が長くなっている。

フォトショップはすごいソフトだと思う。

だが、インターネットが何かを変えることはあり得ないような気がする。

本当に国境が、私たちの意識から消えて、第二の中世のようになるのだろうか？

来年ぐらいから、CSの衛星放送が始まって、テレビのチャンネルがこの数年で三百くらいに増える。

三百チャンネルあると、そのへんのカルチャーセンターのレッスンの様子とか、レストランガイドとか、その地域の小学校の運動会とかまでオン・エアしないと、ソフトが足りなくなるだろう。

インターネットで動画が送れるようになれば、世界中の人々がプライベートフィルムをホームページで公開するようになるだろう。

アンディ・ウォーホルが生きていたら何と言うだろうか。

とか何とか言いながら、私は今、インターネットで小説を連載しようかと考えているところだ。

音や動画は（静止画でさえ通信速度は遅い）、今のところインターネットではクオリティが万全ではないので、活字と出版が実は狙い目なのです。

実際、個人のホームページは、小説らしきもの、日記やお話がいっぱいだ。

だが、それはしょせんトーシロの作品、現役のプロが、「インターネットで書く」ことを意識して書けば、本当は誰もかなわない。

何人か、やっている作家がいるが、彼らはインターネットを意識できていないし、もともとリタイアした人々だ。

最近、パソコン通信が原因の離婚などのトラブルが増えているらしい。

主婦がパソコン通信にはまって、夫に知られることなく何人ものボーイフレンドを持ち、実際にデートなどもして、それがバレた、というケースが多いそうだ。

そういう通信手段は確かにパソコン以外には考えられない。

そんな風潮を生んだのは確かにパソコンというハードウエアだが、その背後には、人間はコミュニケーションが必要な動物であるという事実と、言葉の強さ、が潜んでいる。

情報・想像力・コミュニケーション、それが人間だと言ってもいい。

そして、言葉だ。

私は想像してみる。

夫には話せないことを抱えた主婦が（そういう主婦は別に異常ではなく、ごく普通だ）何かを求めて、パソコンに向かう。

別にからだがうずくとか死ぬほど寂しいとかそういうことではない。

夫とは別のコミュニケーション、つまり夫と一緒の時とは別の自分を探したいだけだ。

パソコンというハードウエアを使うことによって、簡単に別の自分になれる。

夫とは話さないことをパソコンに向かって打ち込む。

「わたしは、ソウル・ミュージックと、ソーテルヌの白ワインが好きな三十二歳の主婦です。どなたか、マービン・ゲイとシャトー・デュケムについてお話ししませんか？」

男達はもっと切実に寂しい思いをしているので、「お話し」の相手はすぐに、何人も見つかる。

ソウル・ミュージックとソーテルヌの白、から話題がプライベートなものに移るのもすぐだ。

「……わたしは幸福ですが、よく、こんな生活が五十や六十になるまで続くのだろうか、と考えることがあります」

「……誰だって、寂しいんですよ。それはとてもマトモなことだとボクは思うな」

「そう言われるのは初めてです。あなたとのメールのやりとりはわたしにとっての救いです」

パソコンのモニターの、「あなたにメールが届いています。」という文字に心がおどるようになる。

どんな人だろうと想像する。

「今度、会ってくれませんか？」

まで、あっという間だ。

非常な親しみが湧くまでの時間は、パソコン通信がきっと一番早いだろう。

それは、容姿も声も筆跡もなく、純粋に「言葉」だけがあるからだ。

「あなたは、間違っていないと思う」

「あなたの、そういうところは、逆に魅力的ですよ」

「誰だって、同じように寂しいのだと思いますよ」

みな、そういう「言葉」に飢えていて、そこに人格が欠落しているので、つまり純粋な「言葉」だけなので、効くわけだ。

あんたに言われたくはないよ、という「あんた」はどこにもいない。

そんな顔のあんたに言われてもだめ、そんな声のあんたに言われたって、ということがない。

そして、実際に会う。

想像よりもはるかに外見の悪い男でもがっかりすることは少ない。

なぜなら、「言葉」が実体を持って目の前にいるのだから、滅多なことではがっかりしない。

「あ、ああいうことを、メールで送ってくれていたのはこの人なんだ」

そう思えば、実体に意味が付与されて、目の前の男は「象徴」と化す。

言葉が弱体化して久しい、などとたわけたことを言う人が多かった。

言葉はただの記号だから、強くなったり弱くなったりしない。

ポテンシャルが急激に落ちているのは、もちろん人間である。

人間の、個人情報のインパクト、想像力、コミュニケーションする意欲、が急落しているだけだ。

想像力の本質は、インターネットの時代になっても変わることはない。

想像力は、危機感と欠落感から出発し、自意識から自由になる才能によって、コミュニケーションするに足る情報となる。

さて、私はまたパソコンに戻って（この原稿は手書きでした）、インターネットで、ポルトガルの映画について調べることにします。

では、また、来月――。

趣味の世界には、他者性や批評性がなく、ただ仲間だけがいる。

この一ヶ月間のニュースといえば、コンピュータをひんぱんに使い始めたことだ。先月の初めには確か、まだ女子高生の小説を書いていたような気がする。女子高生の援助交際をテーマにした小説『ラブ&ポップ』はもう十一月八日に発売されている。

じゃあ次は、サイバースペースがテーマなのかと思われそうだが、実はこれがそうなのです。

先月の今頃、インターネットに接続するとすぐに私はエッチ系のサイトを見まくった。まだ普通の電話回線を使っていて（もうすぐＩＳＤＮを引くことになっている）、コンピュータのメモリもごく普通なので、アクセスも面倒だし、画像処理にも時間がかかってイライラする。

実際にコンピュータを使っていると（ま、おもにワープロとプリンターを組み合わすのと、フォトショップと、電子メールだけど）、マルチメディアの未来がどうのこうのとまことしやかに言っている人々が本当にアホだったんだね、とわかる。

私はホームページなんかつくらない。

全世界に向けて発信する有料サイトをつくるべく、今、数社にそのプレゼンテーションをしているところです。

テーマは……秘密だ。

今のところこの世界は、早いもの勝ち、なので、エッセイでわざわざアイデアを公開することもない。

ヒントは、「トーキョー・デカダンス」というタイトルで、イタリアとドイツとアメリカでヒットした『トパーズ』です。

インターネットのホームページには、日記の類が幅をきかせている。

アップ・トゥ・デートで個人が情報を発信するのは日記がもっともてっとり早いし、要するに日記しかないのだ。

私はそういう風潮が嫌いです。

ピカソとかドビュッシーとかジャン・ジュネの日記だったら読みたい。

そこには本当に貴重な創造上の情報がある。

普通の人の普通の日記は、醜悪だ。

それを公開するということは、日記を書いた本人が自分の情報に価値があると思っていることにある。

自分の情報、それは言うまでもなく自分自身だ。

その人の全情報とその処理の仕方がその人なのだ。

つまり、日記をインターネット上で公開する人は、自分に何らかの価値があると思っているわけで、これほど気持ちの悪いことは他にあまりない。

タダだからいいじゃないか、とみんな思っているのかも知れない。

タダということは、批評性が存在しないということだ。

面白くなくても誰も文句を言わない。

自分の情報、つまり自分自身に価値があると思っている人々は、情報を求めて外部に向かうということをしない。

日記は小説に敵対している。

小説家は、情報を物語の力によって強化するために虚構をつくる。

その際に必要なのは想像力と、正確な描写力つまり技術である。

情報にしても、それは自分を通過しているものであり、自分が「獲得した」ものなんかではない。

情報を発信し交換することにみんな憧れているように見える。

パソコン通信の、文通コーナーには、メールを下さい、という寂しいメッセージが一日に何万件と並ぶ。

バンドをやりたい、アニメやコミックを描きたい、役者やダンサーや歌手になりたい、そういう若い連中が掃いて捨てるほどいるらしい。

彼らは何の訓練もしない。

訓練の必要性を感じてさえいない。

それは彼らが「情報を伝えること」に飢えているわけではなく、「仲間」に飢えているからだ。

つまり伝えたい情報があるわけではなく、ただ話し合えてわかり合える仲間が欲しいだけなのである。

だから、日記でも別に構わないわけだ。

私は、子供達よ、パソコンなんかやめて外で遊びなさい、などと言ってるわけではない。

仲間が欲しいということではアウトドア派も同じだ。本当に自然が好きなら、あんな混雑したキャンプ場なんかには行かない。

何か、得体の知れない事態が進行していて、それはほとんど既に手に負えないものになりつつあり、しかも誰も気付いていない。

コミュニケーションが崩れかけているのだ。

コミュニケーションというのは人間そのものだから、人間が崩れかけていることになる。まともにコミュニケーションできない人が増えているというレベルから、自分を自分であると確認できるためのコミュニケーションがないというレベルまでいろいろだが、最大の問題は、人間と人間の、つまり二者間のコミュニケーションは「外部」「第三の他者」がないと成立しにくいということに誰も気付けないということだ。

たとえば、私と、非常に親しい編集者の場合で考えてみよう。

親しい編集者というのは、別に性格的に合う編集者ではない。

私と共にワクワクするような本をつくってきた編集者である。

そういう編集者と一緒だったら、いつも楽しくビールを飲み、何時間話をしても飽きることはない。

映画の撮影中は、スタッフやキャストと緊張感のある親密さが生まれる。

つまり切実で、それでいて親しいコミュニケーションが成立する。

また、たとえば海外の、日本人が他に一人もいないところで知り合った日本人とはすぐに友人になることが多い。

つまり私達はうまくコミュニケーションするために、さまざまなものを利用する。

というよりも、それがなければコミュニケーションできないというものを次々と考え出してきた。

この国では、近代以降、「円を強くする」という国家的大目標が、コミュニケーションの中心にあってうまく機能してきた。

今はそれがない。

なくなってしまっているのに、あらゆるマスコミ、ジャーナリズムや、教育の現場、とにかくすべての場所で、誰も、「個人的」なコミュニケーションの困難さを認識していない。

個人的なコミュニケーションに必要な何かを必死で探しなさい、なんて誰も子供達に言わない。

「友達をつくれ」「他人とはうまくやっていけ」「和を乱すな」と言われ続ける子供達は、ダイレクトなコミュニケーションを目指して失敗し続け、「仲間」に飢え続け、インターネットに日記を載せるようになる。

いつも流行るのは趣味の世界だ。

趣味の世界には、他者性や批評性がなく、ただ仲間だけがいる。

昨年、警察庁長官を狙撃したのは、現職の巡査長である疑いが強いというニュースを日本人はどう捉えるだろうか。

それが日本的なコミュニケーションの全面的崩壊の前兆だとわかっている日本人が何人いるだろうか。

それでは、また、来月。

初めて庭に目を奪われた。

ふと、京都に行ってきました。

新刊『ラブ&ポップ』の宣伝で、名古屋とか関西とかに行って、テレビに出たりして疲れたので、何か妙な予感があって立ち寄ったのです。

(何か、和風な小説の女主人公のようだ)

紅葉にはまだ少し早かったけど、京都の古い寺の（みんな古いが）庭に非常な興味を持ってしまった。

あの、苔と木々と水と砂利の配置が、すごい、と思った。

食事は、柊屋の京風懐石と大市のスッポンで、これにも完全に参った。

何号か前に書いた通り、最近私は日本酒の熱燗と和食に凝っているので、その意味でも京都はぴったりだった。

今年になってから肉料理は数えるほどしか食べていない。

日本酒は肉にはまったく合わないので、それもあって食べる気にならないのである。からだが肉を欲していないのがわかる。

(すごい、まるで還暦を迎えた作家のエッセイのようだ)

要するに、からだが求める嗜好が変わったわけで、久し振りに会う知人から驚かれる。

以下は、つい最近久し振りに会った編集者との会話である。私より約十歳年下のその編集者とは昔よく一緒にF1GPやテニスやその他のスポーツの取材をした。

「テニスしてますか?」

「ほとんどしてない、息子とシングルスをたまにやるくらい」

「たまに?」

「一ヶ月か二ヶ月に一回、まだオレのほうが強いけど」

「昔は毎日テニスでしたよね。ぼくもローマで教えてもらってから少しだけはまりましたけど」

「あのローマのクレーコートはきれいだった、オレは後にも先にもあんなきれいなクレーコートは見たことがない。二千年前の城壁に囲まれて、眼下にローマの街が見えたよね。モナコとサルジニアとプラハとウイーンにもきれいなクレーコートがあったけど、ローマのが一番きれいだった。お前はあそこで初めてラケットを握ったわけだろう?」

「そうです」

「それは初めての相手がたまたまシャロン・ストーンだったというのと同じくらいラッキーなことだ」

「スポーツしてないんですか？」

「たまに泳ぐ、ホテルのプールで、でもどうしても泳ぎたいなんてことは思わない。昔はとにかく何があってもテニスをしたいと思ってた、都内で仕事をしていて、横浜に戻る時に、晴れていたりすると、ワクワクしてテニスコートに直行したものだ」

「じゃあ、からだを動かしてないんですか？」

「新しく好きなことができた」

「何ですか？　まさかスノボーとか」

「それが、散歩なんだ」

「え？」

「散歩」

そう言うと、編集者は非常に驚いた。その時私達は広い窓から外が見えるカフェで岡山の地ビールを飲んでいたのだが、彼は、散歩、と聞いて、口につけていたグラスを離してまじまじとこっちを見たのである。

「散歩、ですか？　それは歩く散歩ですか？」

「走る散歩は、ジョギングだ、また、じっと静止して歩かない散歩というのはこの世の中に存在しない」

「何かきっかけが？」

「ある、六月にイギリスに行った、サッカーの欧州選手権を見るためだ。オレはルイ・コスタやパウロ・ソーザのいるポルトガル・ナショナル・チームを見に行ったんだが、着いた日にはゲームがなくて、買いものに行った。ピカデリー・サーカスのはす向かいにでかいスポーツ用品屋があるのを知ってる？」

「ありますね」

「そこでまずオレはポルトガルチームのオフィシャルユニフォームを買った。とにかくものすごいでかいスポーツ用品屋でエレベーターで四階に行くとブーツなどの皮革製品とさまざまなムチがあったのでロンドンではＳＭもスポーツなのかと思ったら乗馬コーナーだったりして、その次に二階でナイキのスニーカーを買った」

「エア・ジョーダンとか？」

「違う、トレッキングブーツだ、要するに、街中でも、山野でも、歩くためのスニーカーだよ。これが軽くて、抜群だった、それを履いてウエンブリーやノッティンガムのスタジアムに行った。サッカー観戦ではパーキングや駅からかなり歩くことが多いんだ、少なくとも、三十分くらいは歩く、それでそのスニーカーを履いて歩いてうっすらと汗ばんで、それがとても快適だった。その後、古都のバースへ足を延ばして、ロイヤル・クレッセントという中世の建造物を利用してできたすばらしいホテルに泊まった。そのホテルの中庭には見事なイングリッシュガーデンがあって、初めて庭に目を奪われた。つまり庭の観賞と、散歩という新しい好みができたわけなんだ。そういう意味で京都は楽しめた、庭と散歩好きにとってあれほどステキな街はない、メシもうまいし」

「スッポンですか？」

「スッポンだけじゃなくて、懐石とかね」

「懐石とか老人の食いものだって言ってませんでしたか？」

「言ってた、でも、実は事態はもっと深く進行してるんだ」

「どういう風に？」

「カツオが好きになった。九六年中に、初ガツオと戻りガツオと合わせて十匹は食ってる。何しろ毎日食べてた、もっと恐ろしいこともある」

「何ですか？」

「夜、というか明け方、仕事を終えるだろ？　神経が立ってるから酒を飲むよね、それが日本酒になったんだ、で、ビデオにとっておいたセリエAのサッカーやNBAのバスケットや映画を見ながら、ツマミをつくったりする」

「ツマミ？　日本酒のツマミですよね？」

「そうなんだ、富士のおぼろ豆腐で湯豆腐をつくったり、ギンナンを炒ったり、生イクラのしょう油漬けとか、これでイカを河岸から買ってきてユズを入れたりして塩辛とかを自分でつくり出したらどうなるんだろうと恐しくなってくる」

「キューバの次は京都ですか、そう言えば発音は似てますよね、キューバ、キョート、二つともキがついて、四文字だし」

「そんなことはないと思うけどね」

京都の庭に感心したのは、今、二十一世紀半ばのサイバーワールドを書くためにヨーロッパの中世について調べていることも関係している。

(サイバーワールドについては、インターネットの有料SMサイトをつくることで調べている。ネットセキュリティにおけるファイアウォールの構築と暗号化技術、とか)

紀元八〇〇年、シャルルマーニュの皇帝即位によってヨーロッパ中世は幕を開けるわけだが、その後の約七百年間は、戦争、内乱、蜂起、侵略、領地拡張、謀議、密談、虐殺、拷問、政略結婚、異民族の襲来とその順化の連続で、それらを支えるために、またそれらの結果として、法律や裁判所や徴税法や遠隔地貿易や各種の産業などが整備され、大学が創設され、新しい文法や音楽や建築や哲学が生まれることになる。

だが、「庭」をつくるような洗練はまだなかった。

それに比べて、同時代に日本は極端な洗練の中にいたわけで、京都はその象徴である。

えー、枚数が尽きてしまった。

中世とサイバーワールドについてはまた来月に書きます――。

カストロは時々遠くを見るようにしながら、極めて静かに約三十分間、淡々と話した。

ロス、メキシコシティ、ハバナ、カンクン、ニューヨーク、という旅を終えて、まだ時差が抜けないままこれを書いている。

キューバを出たとたんに、ペルーの反政府ゲリラによる日本大使館の占拠事件が起こった。カンクンのビーチで熱帯魚と戯れている時にそのニュースを聞いて、自分は政治的な人間ではないんだな、と思った。

一年振りのハバナは、私が通い始めたこの五年間で最も活気があった。ずっと閉まったままだった商店やバーやレストランが開業していて地元の人々や観光客で賑わい、街を走る車の数も増えていて、土産物屋にはちゃんと土産物が置いてあった。

三年前の、国民のドル所持を許可する法律改正に続いて、小規模なレストランや商店の個人営業を政府が認めたために、国内経済が活性化したのだそうだ。

普通そういう政策転換をすれば、大抵の場合、ドルに対して国内通貨が暴落する。

だがキューバ人はできるだけ国内通貨ペソを流通させることによってそれを防いだ。

つまり、自分だけが儲かればそれでよいというやり方を誰もとらなかったのである。

そういうキューバで『KYOKO』が上映された。

ちょうどハバナで行なわれていたラテンアメリカ映画祭のスペシャルプログラムとして招待されたのだ。

私はかなり複雑な思いで、キューバ人が『KYOKO』を見るのを眺めていた。

キューバの音楽とダンスから受けた驚きと感動が『KYOKO』のアイデアを産んだ。

本当にいろいろなことがあって、四年かかって映画は完成した。その映画をキューバ人が見てくれている。

終わった時に拍手が起きて、この映画を作るのを諦めないで良かったと思ったが、同時に、ヨーロッパやアメリカで成功させてからキューバに持ってくることができていたならもっと良かったのになと自分の限界を意識した。

『KYOKO』はヨーロッパでは完全に無視された。

そのことについては自分なりに考えをまとめたつもりだ。

まず第一に、セックスとオリエンタリズムを抜きにして映画を作ってもヨーロッパでは関心を引かないということ、第二に『KYOKO』が「対立」の映画ではなかったということである。

その教訓は次作に活かされるだろう。『トパーズ』と『KYOKO』の両面を合わせ持つ作品を考えるつもりで、原作は既に完成している。

ただキューバ人に見て貰ったことで、私の中で『KYOKO』を完全に終わらせることができたと思う。

本当に長い仕事だった。

だが、『KYOKO』から始まるものがあるのだ。

キューバでは勲章を貰った。

文化功労賞らしい。

キューバ音楽の普及に功績があったというわけだが、基本的に勲章の類にはあまり興味がない。

ただ、最初に貰った勲章がキューバからのものというのは自分らしいと思う。

私の勲章とは関係のない別の文化的な催しで、フィデル・カストロに会った。

会ったといっても話をしたわけではない。

日本の文化人の代表みたいな形でカストロの隣の席に座り、彼の演説を二メートルの至近距離で聞いたというだけだ。

文化的な場だったので、カストロは政治的ではない話をした。

彼自らの人生について語ったのだ。

威厳とかオーラとかそんなものではない。

現実的な「歴史性」を彼の傍らにいて感じた。

革命を生き抜いてきた人物にしかないリアリティがあって、もうこの先、こんな人は現れることはないだろう、私はそう思っていた。

これほど長く生きるとは考えていなかった、それは私が非常にリスクの大きい青年時代を送ってきたからだ、演説はそういう風に始まり、革命家や政治家は芸術家のようなモニュメントを何も残さない、そういう風に終わった。

カストロはまるで『ハムレット』の嘆きのシーンを演じるローレンス・オリビエのように、時々遠くを見るようにしながら、極めて静かに約三十分間、淡々と話した。

私はシェラマエストラ山中でバチスタ政権を相手にゲリラ戦を展開していた頃のカストロやゲバラのことをイメージしていた。

そこにはきっと人生のすべてがあったのではないだろうか。

友情と裏切り、拷問と敗北、歓喜と勝利、そして愛と、サバイバル。

今のこの国に存在しないものが、すべてあったような気がする。

カストロが決して軍服を脱がないのはシェラマエストラでの経験を人生の基準にするという意味の現れであると思う。

『五分後の世界』の生きたモデルがすぐ目の前にいるのだと私は感じた。

そんな人間を実際に見たのは生まれて初めてだった。

日本を象徴する言葉を一つだけ上げるとしたら、「間」だろう。

みなさん、お元気ですか。

わたしはついに、というか、やっと、というか、パソコンを全面的に仕事に使い始めました。

仕事で、ワープロとかデータ作りで昔からパソコンを利用してきた人には自明のことだろうが、パソコンワークというのは要するにキーボードワークのことである。

わたしは九月から本格的にキーボードを使い始めて、最初は、ただ夢を記録するだけだった。去年の七月から夢を書きとめ始めたのだが、パソコンのワープロ機能は最初の頃、そのためだけに使った。

夢を記録するのは生まれて初めてだが、こんなに楽しいとは思わなかった。

なぜ楽しいかというと、まずわたしの夢が常軌を逸して面白いからだ。

昔から夢は何回も小説の題材となった。どんなに面白いかを説明してもしょうがない。一晩の夢を描くのに、四百字詰め原稿用紙で何十枚になることもある。そんなものをここで書くのは面倒だし何かもったいない。

夢を記録するのは、わたしにとっては楽で、楽しい。書くべきことが決められているからで、しかもそれは論理や意味や物語性を越えたものであって構わないのだ。

小説を書くときにいつも苦労していることを放棄できて、しかもそれは非常にプライベートでありながら、ひょっとすると大ベストセラーの原型になりうるものかもしれないのだ。このキャラクターはどう設定しようか、今後のためにこの男はここで殺しておく方がいいんじゃないか、と、そんなことを考える必要がない。

考えるべきことはただ一つ。後になって、その次の日でも一週間後でも数年後でも、その夢の中に入っていけるように正確に書かなければならない。夢の中に入るというニュアンスがわかって貰えるだろうか。

すべての夢は、あるムードを備えている。その夢に固有の「ムード」だ。

そのムードは独特で、ムードさえ良かったら、殺人や拷問が出てきても不思議に恐くはない。ムードが悪かったら、ありとあらゆるエピソードがすべて悪夢になってしまう。

そのムードを的確に描写しなくてはいけない。それは心理状態と言うよりも、視覚的なものだ。

せっかくだから面白いものにしようと、見てもいないことを書くと、ムードは失われる。それはかなりむずかしいテクニックだが、わたしは視覚描写を得意とする小説家なので、まったく苦にはならない。

小説を書くときはそのムードをゼロから作り上げなくてはならないので非常に消耗するが、夢の場合は既にそれを経験しているのである。

それで何を言いたいかというと、四十を越えてタッチタイピングをマスターしようと思ったら、作業が楽しくないと絶対に無理だと言うことだ。ブラインドタッチというのは和製英語で、本当はタッチタイピングと言わなければならない。

この原稿はもちろんタッチタイピングで書いています。でも、キーボードを叩き始めた頃は、右手の人差し指一本で書いていた。これじゃ絶対に速く打てるようになるわけがないと思って、「マスター・オブ・タッチタイピング」というソフトを買って、夢を書き続けながらものすごく速くうまくなっていったわけです。

夢をずっと書き続けながら、次第にジャンルを広げていった。

まず、短いエッセイから初めて、次に比較的長いエッセイ、比較的自由に書ける連載小説、と来て、ついに新しく始めた新聞連載もキーボードで書くようになった。

別に威張っているわけではありません。興味を持ってやらなければ、それを仕事で使わなければ、何事も上達なんかしないという当たり前のことです。

新聞の連載の話があったときに、カット、挿し絵も描かせてほしいと頼んでみた。

ずっと遊びで使ってきたフォトショップというソフトを仕事として使おうと思ったのである。

スキャナーもプリンターも仕事で使わないとダメだ。

年賀状をつくってもそんなものすぐに飽きてしまう。

遊びや趣味の世界はこの国独特の曖昧さを読み解くキーワードの一つだと思う。

趣味を持つことは非常に歓迎される。何かを趣味でやってるうちは絶対に批評されることがない。

批評というのは、他者の介入だ。趣味の世界には、仲間しかいない。

そしてこの国では、仲間を得ることが何よりも大切なのだ。

家や地域社会から逸脱しても、ありとあらゆる共同体がいい仲間というやつを用意して待っている。

女装愛好家にも共同体があり、何かから決定的に離れようとしてボディピアスやタトゥーを入れても、そこに仲間が待っているのである。

わたしは今、この国の家族のあり方を考えているところだ。

正確にいえば、家族の崩壊のあり方といった方がいいだろう。

たまに同級生と会って、おまえのうちの親父はデタラメだったよな、などと話すことがある。

実際わたしが子どもの頃は、親にガラス窓にぶん投げられて頸動脈を切り危うく死にそうになった友達や壁にたたきつけられて鼓膜を破ったやつが日常的に大勢いた。

今そいつらに会ってみて、話して確かめても、そういうデタラメな折檻がトラウマになっていない。

インターネットの仕事で多くの若い女の子に会っているが、小さいときに一度おとうさんに話しかけて無視されたことがわたしのトラウマです、と告白してくれた子がいた。

話題が一気に飛ぶが、日本を象徴する言葉を一つだけ上げるとしたら、「間」だろう。「間」はこの国では、スペースとタイムを同時に表す。その他に、長さも境界も一次元も二次元も表現することができる。

一間、という長さの単位は一次元的用法であり、広間という使い方は二次元的に使われる。

さらに決定的なのは、空間、時間、人間、という超重要な概念を表す言葉がすべて「間」に依存しているということだ。

「間」は親和的なまとまりを表しているのだ。他民族の侵略のない長い歴史がその「間」を作り出した。

そして、「間」は近代化という国家的目標が達成されたことで、外側の世界・他者が姿を現してきたことで、今や崩壊しようとしている。

いや、もう既に崩壊している。

「間」の崩壊を描くために家族のことを考えなくてはならない。

当然のことだが、「間」が壊れたからといって、過去の歴史にすがっても無駄である。

日本はダメになったわけではない。単に今までのやり方が通用しなくなっているだけなのだ。

私たちの祖父、父親たちは、喉から手がでるほど規範を欲しがっていたのである。

最近、家族のことを考えている、というようなことを先月書いたような気がする。今確かめてみたら、やっぱり書いていた。

パソコンで書き始めてから（私はクラリスワークスを使っているが）、連載の小説でも、先月は何を書いたかなと前の原稿を探す必要がなくなった。データとして残っているからだ。そこがすごいことだとは全然思わないが、新聞連載などの場合は確かに便利である。

家族のことが、どうしてそんなに気になるかといえば、現代人のトラウマの起点が（学校を除いて）、すべて家庭にあると思うからだ。

ただ、トラウマの成立のメカニズムはそう単純ではない。

親からひどく殴られることが、そのままストレートにトラウマになるわけではない。ガラス窓にたたきつけられて鼓膜を破った子どもでもそれが笑い話ですんでいることもあるし、親から一瞬無視されただけでそれがひどいトラウマになってしまう場合もある。

その基準のようなものはいったい何だろうとずっと考えていた。

人間は、二つの側面を持つ動物である。生物学的な側面と、社会学的な側面。

私はこれまで、生物学的に強いパワーを持った人間が、社会学的な側面を突破するというようなテーマで小説を書いてきた。

この国の社会学的な側面に、強大な力を感じてきたからである。

つまりこの国には、制度的な目標、国家としてのモチベーションが約二十年前まであったわけだ。それがなくなったとたん、社会学的な、人間の規範がこの国から消滅した。

今、この国の人間たちは、生物学的な自分と社会学的な自分の間で、絶えず揺れ動いている。

トラウマは、制御不能な体験から発生する。だが、制御不能という意味では、ひどい悪夢でも制御不能である。

なぜ、単なる悪夢はトラウマとならないのだろうか。

夢には、モデルがないからだと思う。

生物学的なトラウマというものは存在するだろう。

たとえば、民族的な規模での飢餓や災害や戦争の記憶、だがそれは共同の体験であるだろう。

現代のトラウマを決定づけているのは、個人的な欠落感であり、それは「モデル」の存在によってのみ可能となる。

つまり、私たちの中に、理想的な家族というものが、具体的な「モデル」として、強固なイメージとして、存在するのだ。

戦前の社会においては、おそらく天皇家が理想の家族のモデルだった。『愛と幻想のファシズム』で取材した純粋右翼は、みなそう言っていた。

理想とされ規範とされる家族像は戦後どのように変わったのだろうか。

私は、基地の街の生まれなので、占領軍としてのアメリカが、いかに物理的な影響力を私たち日本人に与えたか実感としてわかる。

なぜ、ある人々はジャズに、ポップアートに、ハリウッド映画に、そしてアメリカの民主主義にあれほど魅入られたのだろうか。私たちの親は、暗黙のうちにどこかの国に占領されてみたかったのではないだろうか。

黒船来航は、もちろん軍事的な占領ではなかった。

私たちの祖父たちは、近代化の規範をどこかに求めなければならなかった。ドイツやイギリスのシステムを真似たと言われている。

だがそれは、文物としての、システムだった。生きて、呼吸して、目の前に肉体を伴って現れてきたものではなかった。

私たちの祖父、父親たちは、喉から手がでるほど規範を欲しがっていたのである。

戦後アメリカ人は、この国の歴史上初めて、肉体性を持つ、規範となる外国人として、現れた。

そこで、アメリカの文化は、強力に私たちの中に入り込んできた。

たとえば、テレビを見ると、NBAのプロバスケットボールについて、俺はブルズファンだ、ぼくはレイカーズファンだ、とひいきのチームを言い合う光景に出会う。あれは、実は異常なことだ。

たとえばチベットとかフィリピンの人々が、「今年の巨人は強いぞ、だって清原が入ったんだからな、私はそのことがうれしい」などと話していたら、異常だ。

それはそのチームを応援する必然性が全くないからだ。シカゴの人はブルズを応援するし、ロスの人はレイカーズを応援するだろう。

占領軍だったアメリカへの、憧れは、どういうわけか今も続いている。しかもそれは、日本的なものと根本的なところで上手に融合しながら、続いているのだ。

「家族」の「モデル」として、私たちの父親はアメリカの家族像にどのくらい影響されたのだろうか。

今、この国には、規範となりうるどのような家族のモデルがあるのだろう。

その、規範としてのモデルという考え方が、自分は、モデルとしての理想像から遠く離れてしまっている、という欠落感を生み、トラウマを発生させる。

ほとんどのトラウマは、社会学的なものである。

ということを書いて、しばらくこのエッセイを放っておいた。

ふつうそういうことはしないのだが、家族のことを考えるには情報が足りないと思ったので時間をおくことにしたのだ。というのは嘘で、本当は本を一冊読んだ。

『〈家族〉イメージの誕生』坂本佳鶴恵著・新曜社、副題が「日本映画に見る〈ホームドラマ〉の形成」。

たとえば昔の映画のような、強いメディアが「モデル」をつくり出すことが書いてあるのではないかと期待して読んだのだが、そういう内容ではなかった。

「……〈ホームドラマ〉の誕生がもたらした決定的な変化は、それが『家族』というイメージを借りて、人々の同一性のイメージを確立したということにある……」

思っていたような書物ではなかったが、期待を裏切ることはなかった。視点は十分に新しいし、方法も厳密だ。

その本には、規範としての「モデル」という考え方は出てこない。

確かに、アメリカのテレビのファミリー（シチュエーション）・コメディが日本のすべての家族の規範になったと考えるのは極端すぎる。

規範は単純に出来ていったわけではない。

上からの、つまりテレビというメディアを持つ権力の側からの一方的な押しつけではもちろんなく、視聴者の欲望がテレビを通じて規範をつくり上げてきたわけでもない。それは、少なくとも双方向からの情報と欲望の流れの結果だったのだと思う。

そこには、アメリカを中心とする西側の国々の積極的な、また、非積極的な情報の提供があり、日本人の身勝手な吸収も関与している。

メディアとは要するにそういうものだ。

私たちはそれに浸りきっているために、それを異質なものとして気づくことが出来ない。無意識の領域で精神に作用してくるものだけが有効な規範となることが出来る。

意識的なものではないために、つまり明文化されていないために、まずそういうものがあることに気づくことがない。気づけないのだから、拒否など出来るわけがない。

私は、どういうわけか気づいた。

キューバの持つ特殊性を考えるうちに、そういうことにいつも気づく。

「規範」はこの国できわめて曖昧に出来ていき、同じように消え、新しいものがつくられる。

外に向かって開かれることはこの先もなさそうなので、家族という「規範」が崩れたという認識がこの国に定着したら、反動化が早いペースで必ず始まるだろう。

わたしはもうこの国の悪口を言わないだろうと思う。

この国に文芸批評は成立するのか、というのはデビュー以来の疑問だった。それは、この国の文学行為（本当は文学だけではない）が、仲間内の戯れのように見えたからだと思う。日本文芸家協会は、会員に健康保険証を発行する。わたしはそれまで保険証を持たない暮らしをしていたので、助かったし、今も助かっているが、作家になったということで、保険証を作家の団体から給付されるというのは象徴的だなと思った。

そのくせ、この国の文学界は、わたしが新人賞のコメントで、「この賞を両親の銀婚式のプレゼントにしたい」というと、反社会的な営為である文学を両親に捧げるとは何事かと叱ったりしたのである。

日本の近代家族の成立を巡る資料を読むとそのあたりのことが納得できる。親、家、家族、は近代文学の重要なテーマだが、歴史としての近代ではなくただ近代化の象徴であって、つまり普遍ではなくシステムの象徴にすぎないわけで、生命力を巡る「物語」は、被差別部落や女性の問題を別にして、家族を扱う小説には存在しない。家は、単に、国家と個人をつなぐ装置だった。

つまり、結果的には、生物学的で、かつ社会学的な動物である人間の、その両面をつなぎサポートするための接点として機能したわけだ。

乱暴な言い方をすると、父親は国家につながり、母親は生命に接していた。悩める近代青年は、引き裂かれる思いで、家に、つまり両親に反逆した。それは、魂の彷徨などではなく、近代というシステムの成立過程の一現象にすぎない。

クラシック音楽やジャズやロックはなぜ活力を失ったのか。ヨーロッパの映画はなぜ戦後の一時期に奇跡のような輝きを見せたのか。印象派が生まれ、そして消えたのはなぜか。表現のムーブメントが、ある時代、ある地域に突然生まれ、そして突然消えるのはなぜか。

わたしは長い間、そのことを考えてきた。ポップミュージックの活力や存在理由は永遠だと思っている人も大勢いる。表現の新しいムーブメントが生まれ、それが誕生の時の活力を失い、やがて消えていくのはなぜか。

この国では特に、誰もが表現は永遠だと思っている。だから、「文学はこのままでいいのか」とか、「日本映画はどこへ行く」とかわけのわからないことが雑誌の特集のテーマになったりする。

ある表現の、活力、つまりモチベーションはいつかは消滅するものなのだ。

それでは、なぜそれは消えてしまうのか。

ある集団をイメージする。彼らは、過酷で悲惨な体験を共有している。たとえば、前の大戦時の大陸からの引き揚げとか、災害、事故、そういうことに集団として遭遇している。その集団の中の一人が、その体験を元に小説を書くとする。

その集団の中に批評性は存在できるだろうか。ただ、「よくやった」と集団から言われるだけではないのか。

批評は、他者の出現であると思う。他者によって成されるということではなく、批評する地点に立てる者が他者なのだ。

対立する宗教、共有されない歴史と理念。翻訳を必要とする言葉。

他者をイメージできない状態で、小説を作り、音楽を作り、絵画を描き、映画を作る「動機」は生まれるものだろうか。

他者性をどこにも見いだせなくなったときに、その集団内において、表現のモチベーションが消えてしまうのではないか。

コミュニケーションの不全性が、表現には不可欠なのではないか。

ダメな表現と、スリリングな表現の違いは、その作品に投じられた表現者のエネルギーの違いにつきると思う。

どうやってエネルギーを持ち、それを保つことができるのか？

何があってもこのことを誰かに伝えなくてはいけない、という意志の力だ。

同じ経験を共有している集団の中では、そんなエネルギーは必要がない。

この国の文学が、明治以来、先の敗戦の後まで、何とかエネルギーを保ち得たのは、近代化と対外戦争によって他者と出会ってきたからである。中世から、鎖国時代にかけてこの国で発展した文芸、芸術、芸能については、また別の論考が必要なので、ここでは省く。

昨年、『ラブ&ポップ』という女子高生の援助交際の小説を書いていたとき、こんな題材の作品をどうしてこの自分が書かなくてはいけないのだろう、とずっと思っていた。

わたしはもう四十代半ばである。もっと若い、現実の女子高生に近い物書きが、なぜこの題材でこれまで小説を書いていなかったのだろう、と。

旬のテーマで勝負するのは、新人作家の特権であるのに誰も試みない。これは異常な事態であると思う。

『ラブ&ポップ』を書き終えて、これで援助交際をテーマに小説家としてデビューしようとする何十人かの新人作家を潰したなと思った。それは半分正しく、半分間違っていた。本気でデビューしようなどと思う新人作家など、もはやこの国にはいないからだ。

在日韓国人や朝鮮人、移民してきた外国人やその子ども達、それに海外で暮らす日本人、日系人を除けば、残っているのは、「日本語を守りたい、文学を守りたい」などとふざけたことを真顔でアナウンスする偽物だけだ。

わたしはそういった偽物を絶対に許さない。発言の真意もくそもない。そんなことを言う作家は許さない。

たとえば日本文学のもっともスリリングな部分を自覚的に継承しながら、志半ばで癌のために死んだ中上健次のような作家がいる。

わたしは中上健次を愛していた。だから、辻仁成のような作家は死ぬまで許さない。

それでは、女子高生の援助交際を題材にした小説をなぜわたしは書くのか。

たぶん、わたしに、「このことは必死に考えて、必死に書かなければ決して伝わらない」という何かが常態としてあるからだと思う。

そのことに、わたしが基地の街の生まれであることがどの程度影響しているか、それは自分ではわからない。

わたしはこの数年、戦争国家と戦闘と、幼児虐待と、キューバのダンスに憧れる女の子と、ウイルスと、それに女子高生を書き下ろし小説で書いてきた。なんの関連もない。

そのつど、旬の題材に挑む新人作家のように書かなくてはいけなかった。

おそらくわたしは、最初の十年間は基地の街の生まれということでこの国の共同体から際立つことができたし、次の十年間とこれからは終戦の七年後に生まれたということで、際立っていくのではないかと思う。

モチベーションをキープするということはそういうことだ。

それができない作家は、他者のいない、批評性の存在しない題材を選び、堕落していく。

被害者意識に被われた集団の内部だけに向けてものを書くようになる。

それは必ず、「よくやった」と評価されるはずだ。

わたしはもうこの国の悪口を言わないだろうと思う。

それがなぜかは、まだ言えない。

ペルーの事件の結末には驚いた。

ペルーの事件の結末には驚いた。フジモリの決断に驚いたわけではない。日本政府の対応にあきれたのである。

わたしは国際法には詳しくないが、大使館は、所在国に対し治外法権・不可侵権が認められ、課税も免除されることくらいは知っている。したがって、所在国の官憲、軍隊は大使館を侵害できない。

何を今さら、といわれそうだが、法は法だ。橋本は、一言、謝罪を要求すべきだった。フジモリは、一言、謝罪すれば良かった。フジモリだって、奇跡の救出劇を考えれば、その程度のことで威信に傷が付くはずがない。

しかし、橋本は謝罪を要求しなかった。

実は事前にペルー政府からの通告があったのではないかとも言われているが、そういうことはここではどうでもいいし、わたしが法律が好きなわけでもない。どちらかといえば、法律は嫌いだ。

だが、法というものがたとえ必要悪であっても、わたしたちは守ることを強制されている。国会が法を作り、違反すると、警察が逮捕する。その頂点にいるのが、とりあえず今のところ、橋本である。どんな緊急時であっても、国際法を破ったフジモリに謝罪を要求しなかったのは、筋が通らない。

たとえば、占拠されたのがアメリカ大使館だったら、フジモリはペルーの特殊部隊を事前通告なしに突入させて、その後まったく謝罪なしとすることができただろうか。イギリス大使館だったら、フランス大使館だったら、ドイツ大使館だったらどうか。

橋本は、「どうして謝罪要求をしなかったのか」という質問になんと釈明したのだろうか？　人命がどうのこうのと言ったのだろうか。緊急時だったとか何とか言って、マスコミも納得したのだろうか。

それでは、沖縄の人々が、「人命第一で緊急時のため、改正駐留軍用地特別措置法は守らない」と言い始めたら、どう対処するのだろう？

きっと、面倒なことになるはずだ。

そもそも、そういう面倒なことに対処するために法律がある。利害が絡んで、どうにも収拾がつかない場合のために、時には血が流れて、法という概念が生まれた。特に国際法は、戦争や内乱や革命など、悲惨で苦い経験の上に成立したものだ。

橋本は、そういう判断ができなかった。ニュースにびっくりして、慌てたのだろうと思う。一言で済んだのに。フジモリがあっさりと謝罪に応じたかどうかはまた別問題だ。

このままでは、不可侵であるはずの大使館を武器を持って攻撃したという一点において、フジモリとトゥパク・アマルは同罪である。そして、もう謝罪要求はできない。遅い。

大使館が占拠されているときにも、橋本はいかにも日本的な振る舞いに終始していた。当たり前のことだが、「武力突入」と「平和的解決のための妥協」はまったく別の選択肢ではない。その二つを巧妙に絡ませて、ゲリラ側と交渉しなければならない。

橋本は、日本国民に向かっては、「フジモリ大統領には平和的解決をお願いしております」と言い続け、フジモリ及び国際社会に対しては「ゲリラに妥協しない姿勢は理解できます、フジモリ大統領の指導力を信じています」と言い続けた。

これは、占拠され人質を取られている日本の指導者として、もっとも安易な態度である。安易、つまり危機感がゼロという意味だ。脳天気、アホ、ということである。

橋本はもともとアホだとわかっていたが、日本人の安易な態度の典型なので、ここで取り上げている。

危機感、というのは最悪の事態を想像するということだ。橋本は、日本国民、特に人質となっている人々の家族に対して、「現在の国際社会のテロに対する基本姿勢から判断して、武力による解決があり得る」ということを説得しなければならなかった。

そして、フジモリに対しては、「武力を行使し人質に危害が及んだ場合には日本はペルーに対して断交する」と宣言するべきだった。

そういうことを双方に理解させるのは簡単ではない。橋本がやったのは、まったく逆のことで、しかもそのことに誰も、マスコミでさえ気づかない。

それは、日本的である。伝えるべきことは簡単に伝わる、と誰もが思っている。わかってもらえる、と思っている。

日本のことなど、世界の誰も理解していない。理解されていない、理解してもらえないかも知れない、そういう危機感を持つところから、コミュニケーションは始まるということを、この国の人間は知る機会が今までなかった。

だから、日本的価値観が「世界」と接触したときには必ず致命的な矛盾があらわになる。「平和ボケ」ではない。コミュニケートできないだけだ。

たとえば歴史教科書がどうのこうのと言って喜んでいる連中は、主権を侵害されて抗議もできない橋本をどう思ったのだろうか。

(最近の報道では、一人フジモリだけが主権侵害を気にしているようだ)

青木という在ペルーの大使は救出された直後の会見で最初にフジモリへの感謝を述べたと記憶している。

今回の事件の直接的なすべての責任は、大使にある。パーティを主催した最高責任者だからだ。パーティを開いたこと、警備が不十分だったこと、それによって外国の大勢の人々が人質になったこと、全部、青木の責任だ。

青木が、解放されるまで立派に他の人質とともに苦境に耐え抜いたことと、今回の事件の責任は別のファクターである。

青木はそのことを事件発生時に人質だったすべての人に向かって、その人々の国に向かって公式に謝罪したのだろうか。また、これは橋本と同じだが、不可侵の大使館を侵害したフジモリに正式に抗議したのだろうか。

生死の境にいてやっと助かったばかりの人にそういうことを望むのは酷だ、という暗黙の了解がこの国にはある。だが、最高責任者である個人の責任というのは、立場や状況を問わない。

青木大使は日本に帰ってきた。解放直後に比べると彼の周りの雰囲気がおかしい。池田外相は、日本側の警備は万全だったとペルーでは青木をかばったが、外務省による非公開の査問が行なわれるらしい。青木はスケープゴートになりそうだ。青木は、計り知れない苦難に耐えたが、忠誠とセットの、国から与えられるプライドが彼を支えていた。青木は、大使を解任され、国から責任を押しつけられると、ＰＴＳＤ（心的外傷後ストレス障害）に耐えることができないのではないか。

ペルーには行ったことがないし、あまり行きたいとも思わない。

二、三年前だが、キューバの舞踏団がペルーの公演に行って、「ひどい国だ」と話してくれたのを憶えている。

そのころキューバの状況はガソリンや食べ物さえ少なくて大変だったので、そのキューバ人が「ひどい国だ」というのはどんな国だろうと思った。

巨大なスラムがあって、とキューバ人ダンサーは言った。大勢の子ども達が飢えに苦しみ、大人も仕事はもちろんなく、下水に汚物があふれ、貧富の差がひどい……。

数年前、ニューヨークのクラブのトイレで『コンドルは飛んでいく』をうたっていたら、日本人か、とトイレのボーイに声をかけられた。

そうだ、とわたしが答えると、彼は、おれはペルー人で不法入国者だ、と自己紹介した。わたしは日系人であるフジモリの評判が気になって、「フジモリはどう？」と聞いた。

ボーイは、よくやってると思う、と言って、わたしは妙に安心したのを憶えている。

今のペルーで、ゲリラに対する支持がないとはとても思えない。いったいどういう情報を日本のマスコミは信じているのだろう。スラムの住民の声を反映する新聞がペルーにあるとも思えない。

憂鬱な事件だった。

近代化が終わり個人の時代になって、絶対に必要なものは「気持ちと生活のゆとり」などではなく、「今はまだコミュニケートできていない」という危機感である。

キューバへ約半年ぶりに行って来ました（どうしてエッセイの最初の書き出しは、です、ます調になるのだろうか）。

キューバは、カンクン経由で、その前にニューヨークで少し仕事をした。インターネットの会員制ホームページ「ｔｏｋｙｏ ＤＥＣＡＤＥＮＣＥ」のために、『トパーズ』の英訳の朗読を録音したのだ。

録音は坂本龍一のスタジオで、彼の全面的な協力の下に、楽しい作業となった。ナレーターはオーディションで選んだ二十一歳の女の子で、名前はグエン、でもベトナムの人ではなく、ラテン系の白人だった。

朗読してもらった『トパーズ』の中の短編は四編で、女優を目指し、自らアコーディオンを弾いて一人で歌もうたっているというグエンは、計四万字の分量の小説を約十時間でナレーションした。

興味深かったのは、朗読を終えて、グエンが「楽しい仕事だったけど、小説の中の女の子の悲しみや切なさが、夜一人で練習しているときやスタジオで読んでいる間にからだに染み入ってきてどうしようもない気分になってしまった」と言ったことだ。

そういう風に言われて、わたしは非常にうれしかった。ラルフ・マッカーシーの翻訳がいいせいもあるが、英語で自分の小説が読まれるのを聞いていて、日本語で読むのと変わらない印象があったのもうれしかった。

それと、アメリカ人の女の子に、伝えたかったことが伝わったことがさらにうれしかった。東京のSMクラブで働く女の子の悲しみや切なさを、グエンは、「からだに染み入って」くるようにして、共有したのである。

わたしはもちろん国際的にも理解されるような小説を書こうと『トパーズ』を書いたわけではない。日本で小説を書くと、日本人にしかわからない独りよがりなものになりやすい。単移民や奴隷や内乱や人種的矛盾を抱える国の現実と、この国の現実は歴史的土台が違う。単身赴任の中年男の悲哀なんか、絶対にわかってもらえない。

外国では、家族のために働くので、出稼ぎしなければ飢えてしまうわけでもないのに、「企業」のために自分とその家族を犠牲にするという日本の常識は奇異に見られる。

ストーリー展開でいうと、もっともわかりにくいのが『忠臣蔵』で、比較的わかりやすいのが『四谷怪談』だ。

『忠臣蔵』は、共同体が主人公である。『楢山節考』も深沢七郎の日本的共同体への憎しみがテーマとなっているので、わかりにくい。『四谷怪談』はお岩を中心に読むことができる。

日本人のメンタリティは特別だから別に外国人にわかってもらえなくてもいいのだ、という意見を持つ人はまだこの国に多い。

なぜ、多いかといえば、今までの日本にポリシーを伝えるという必要がなかったからだ。西洋のことを学ぶだけでよかった。

どうもあなたの国はどういう価値観なのかわからない、だから食料の輸出を止めたいと思う、そういう風に言われたら、必死で考えるだろう。だが、まだ外貨準備が豊富なので、そういう事態にもなりそうにない。

日本人は外圧がなければ、物事を考えたり、制度を変えようとしたりしない、とよく言われるが、それはどこの国も同じだ。物事を必死で考えたり、制度を変えたりするのは骨が折れる作業なので、できれば誰もそんなことなしで済ませたい。この国は外圧がなさすぎたのだ。

誤解を避けたいが、外圧がなく、危機感ナシで過ごすのは、それで支障がなければ、別に悪いことではない。

支障はないのだろうか？　たとえばペルーの人質事件のようなことが発生すると、日本的な対応の矛盾が一挙に露になる。オウム真理教の事件、政治家や官僚の腐敗、銀行や証券会社の相次ぐ不祥事、子ども達のいじめや校内・家庭内の暴力、不登校、それらは日本的な対応・コミュニケーションのやりかたの限界と矛盾を示すものではないのだろうか。

戦後は終わったと宣言した政治家はいたが、近代化が終了したという政治家も経済人もいない。今の日本が未だに近代化の途上にあると思っている人は誰もいない。日本人も、世界中の人もみんな、日本の近代化は終わったと考えている。近代化とは、その国の通貨が充分に強くなることである。言うまでもなく、近代化はこの国の国家的な目標だった。すべての国民がそのために「滅私」「奉公」してきたのだ。

でも、終わった。近代化の次の国家的な目標というのは現在のところ設定されていない。そんなものはおそらくない。考えられるとすれば、「世界征服」くらいだが、国内での矛盾が噴出しているし、とてもそんな余裕はないだろう。

だとすれば、「個人」がどう生きていくかという価値観の創出に向かうはずなのに、そういう動きはまったく見えない。

特に子ども達は、大人をモデルに生きていくしかないので、何か示してやらないと、どう生きればいいのかわからなくて混乱する。

また近代化という大目標を達成したのだから、これまで近代化の犠牲になってきた人々に利益を還元し、償いをしていかなくてはいけないのに、行なわれていることはその逆だ。

犠牲になってきた人々、つまり、被差別部落出身者、在日朝鮮人や韓国人、沖縄やアイヌの人々、障害者、女性など、つまり日本のマイノリティと弱者だが、そういう人々はますます深まる矛盾の中に追いやられているように感じる。

ニューヨークでのナレーションが終わって、みんなでイタリアンを食べていて、外国人と仕事をすると、『KYOKO』の時はもっと顕著だったが、どうしてこれほど充実感があって、いらいらしないのだろうと不思議に思った。

勘違いしないで欲しいのだが、日本人との仕事のほうが楽で、楽ではないことは基本的に嫌いだ。

ニューヨークでは、仕事をして、食事をして、風呂に入って、ぐっすり眠るというシンプルな生活がごく自然に可能になる。それで充分で、オートバイですっ飛ばす必要もないし、SMなんかどうでもよくなるし、夜中の長電話も、ゴルフも深酒も釣りも、もちろんカラオケもナンパも衝動買いも、要らない。

何が違うのだろうと考えた。やっていることは同じなのだ。

違うのはコミュニケーションだった。外国人と働くときは、まずコミュニケーションが

「うまく取れない」ことを前提とする。だから、楽ではない。それで、妥協なく仕事が終わると、信じられない充実感がある。

誰かと、個人的なコミュニケーションが成立することは「快楽」なのだと初めて気づいた。日本では、コミュニケーションが「初めから成立するもの」と考えられていて、そんなばかなことがあるわけがないのでものすごく疲れるし、常に苛立ちが残る。

近代化が終わり個人の時代になって、絶対に必要なものは「気持ちと生活のゆとり」などではなく、「今はまだコミュニケートできていない」という危機感である。

だから「この先日本は、日本人はどう生きるべきか」などという設問をしてはいけない。国家的なモデルはなく、個人のモデルを個人がつくっていかなくてはいけないのだから、「わたしは、あなたはどう生きるのか」という設問に変えなくてはいけない。

でも、無理だろうな、みんなバカだから。

個人と国家の関係性だけでは、もう人間を支えきれなくなっている。

何か妙に疲れています。自選集の宣伝とインターネットの有料サイト「ｔｏｋｙｏ　ＤＥＣＡＤＥＮＣＥ」のためのインタビューをたくさんやって、疲れた。前はこんなことはなかったような記憶がある。インタビューは疲れるが、自分の考えを整理できる機会でもあるし、こんな徒労感はなかった。

何が疲れるかというと、インタビューにならないことが多いことです。インタビューを受けているのか、相手にレクチャーをしているのかわからなくなってくる。勘違いしないで欲しいのだが、私が何かインタビュアーより多くのことを知っているわけではないし、知識があるわけではない。

ただ、今の私の考え方の基本になっているのは、「とっくの昔にこの国の近代化は終わっている。近代化という国家的な大目標は達成され、現在国家的な目標は存在しない」というもので、それを説明するところから始めるために、時間がかかってしょうがない。

どんな国でも、近代化より大きな国家的目標はないはずだ。前の戦争も、侵略も、近代化のために行なわれたもので、それ以外には原因はない。というようなことを言うと、それがどうした？　という顔をされる。

もう、そのことばかり言い続けて、私は疲れてしまった。

特に、男というか、おじさんの方がその傾向が顕著だ。去年会った何人かの女子高生の方が、はるかにビビッドに反応してくれた。

「あのね、この国ではもう近代化という大目標が終わってるの。だから、会社でどんなに働いてもおじさん達はもう尊敬されないんだよ」みたいなことを私が言うと、彼女たちは目を輝かして聞いてくれる。

そして、「あー、そうなんだ、だからオジンは寂しくて私たちと遊びたがるんだ」などと本当に正しいことを言う。

一から説明しなくてはいけないというのは具体的には次のようなことだ。

「芥川賞やレコード大賞について、最近、誰が取ったのか話題にならないことが多いし、受賞者をすぐに忘れてしまうよね、それがなぜだかわかる？　それはね、近代化の途上にある国では、国家もしくは国家に準ずるような権威のある機関が個人に与える賞は、全国民の興味を引くし、記憶にも残って、受賞者は尊敬される、基本的に全国民が一丸になっているわけだから、それは当然でしょう？　今はそうではないでしょう、それはつまり近代化が終わってしまっていることを暗黙のうちにみんな気づいているからなんだと思うんだけどね」

そういう風に私は例を挙げて説明する。女子高生やSMの一部の女の子以外では、「それがどうしたの？」という反応が返ってくる。

私は無駄なことを言っているような気になる。

女子高生やSMの女の子の一部は、何かがおかしいと思っている。自分たちか、周りの世の中のどちらかが根本的にどこかおかしいと思っているから、私が近代化云々の話をすると、そうだったのか、と思うらしい。でも、女子高生とはもう付き合う機会もないし、SMの女の子とばかり会っているわけにもいかない。仕事で会う人々の方が圧倒的に多い。それで、ひどい徒労感に襲われる。

別に日本の近代化が終わろうが終わるまいがどうだっていいではないか、という意見もあるだろう。

確かにどうだっていいのかも知れないが、もう既に終わっていることは、終わっているのだと、きちんと認識しないと、たとえば子ども達にとってフェアではないと私は思う。

国家的な目標ではなく、個人の目標が大切になるわけだから、いい大学やいい会社に入るだけではなんにもならない。それだけでは個人のプライドを支えることができないということとを言ってあげれば子ども達はだいぶ楽に生きられるのではないだろうか。

大半の大人達は、そういう観点に立てない。

彼らの大部分は、いい大学に入り、いい会社に入るために自分の時間を使ってきた。システムが個人を支えきれないという自覚は、自分の人生を否定することになる。だから近代化が終わったということをアナウンスしない。とっくの昔に個人の時代が始まっていることを隠そうとする。

「わたしは必死に勉強して東大に入り、良い成績を取って、大蔵省に入り、汚職もせず、一生懸命働いてきましたが、働きすぎるということで定年後に妻からは離婚されるし、つまらない人間ということで子ども達も寄りつこうとしません。わたしの人生は誤りでした。もっと自分の欲望に忠実に、自分の好きなことを探して生き直したい気持ちでいっぱいですが、わたしの場合もう遅いのです。楽しく生きるために何かの訓練をする時間は残されていません。だから世の中の子ども達にはわたしのような人生を送って欲しくないのです。たとえば東大に入るだけではどこにも充実感なんかありません。自分が何をしたいか、何をしているときに自分はもっともいきいきとするのか、そのことについて必死で考えなかった自分がバカでした。この世の中のほとんどの大人はみんなわたしのような人生を歩んでいますが、わたしのようには正直なことを言いません。だから若いみなさんは決してだまされないようにして下さい。大蔵省に入っても、たとえば三菱銀行に入っても、世の中で信用があると見られている、そういう集団に属しても、それだけで尊敬され、女性にもてる時代は終わったのです。あなた方子ども達にはまだ時間が残されています。親や教師やその他の大人達にだまされないようにして下さい。これからの時代は、好きなことがあってそのことのエキスパートになれる人がリードしていくのです。たとえばシートンにとっての動物とか、ファーブルにとっての昆虫とか、それさえやっていれば徹夜しても平気だというものを持っている人と持っていない人との差が、人生を充実して生きる人とそうでない人との違いになっていくのです。システムのために多くの時間を取られる奴隷のような一生を送るか、たとえ社会的には成功しなくても充実した一生を送るか、すべては子どものうちに決まります。この日本社会は、あなたたちを奴隷にしようと嘘ばかりつくことでしょうが、それにだまされないようにして下さい」

みたいなことを誰かが言い出せば、子どもたちは肩の力を抜くことができるのではないだろうか。

本当はどこかでそういう風に思っているくせに（思っていないのかも知れないな、あ、きっと思っていないんだろうな）、アナウンスしないのはフェアではない。

ついさっき、神戸の小学生殺人の犯人と見られる少年が逮捕された。十四歳の中学生だそうだ。

今の時点ではほとんど情報がないのでコメントするのは危険だが、たぶんこの事件も単に「異常なもの」として脇に追いやられ、いつかは忘れられるのかも知れない。「異常なものだからわからない」という風にして動機は論議されない。

犯行そのものから、あるいは警察に送りつけられてきた犯行声明から判断すると、犯人と見られる少年の知能は相当高いと思う。

中学生の頃は想像力が発達し、異常な行為への関心も高まる。だが、異常な想像力はわたしにもあったが、わたしの少年時代にはその実行は何かの力によってきちんと阻止されていた。それは近代化の途上における集団の結束の力だと思う。だがもちろん、もう昔の価値観に戻るわけにはいかない。

今重要なのは、国家的な規模、集団的なモラルというものではない。もっと小さな、基本となる最小の関係性の最小限の共同体、つまり親とかごく親しい友人とか子どもたちの仲間内での具体的なやりとりとかそういうものだ。

そういう最小の関係性を持つ個人だけが「他人に優しくし、優しくされること」の重要性、気持ちよさを教えることができる。

国家に対する個人の優位などというものは存在しない。どんな時代でも、あるいはたとえその人がホームレスになっても、個人は国家に絡め取られその中に組み入れられる宿命にある。

だが、そこで、個人と国家の関係性だけでは、もう人間を支えきれなくなっているということだ。

最小の関係性の中に積極的に価値を見いだしていかない限り、今回のような事件はこれからも増えていくだろう。

では雑誌はこれからどうすればいいのか？　わたしはそんなこと知らない。

今出ている『文藝春秋』本誌に神戸の十四歳について書いている。『ザ・ベストマガジン』と『文藝春秋』を両方読んでいる人はそう多くないかもしれないが（いや、案外多いかも）、気合いを入れて書いたので是非読んで下さい。

その原稿は四百字詰めにして四十枚弱くらい書いたので、当分エッセイの長いやつはもういい、みたいに疲れてしまった。

だから、さて、何を書こうかな、という感じです。

自選小説集という、音楽でいえばベスト盤のような作品集を出して、サインをしに、多くの書店を回った。サイン会をした書店もあるが、ほとんど書店にお邪魔して、置いてある自選集にサインをしてよもやま話をして帰るというものだった。

わたしは自他ともに認めるワールドクラスの面倒くさがり屋だが、書店でのサインの類は案外まじめに行なうことにしている。大手の取り次ぎに頼まれれば、普段はめったにやらないトークショーみたいなものも、やる。

書店は本当に大切だ。わたしがどんなに面白い小説を書いても書店が置いてくれなかったら、売れない。風呂敷に包んで自分で売って歩くしかない。媚びを売るということではなく、大切にしたいということです。

自分の本は比較的売れるから放って置いてもいい場所に置いてくれるだろう、などとわたしは決して考えない。悲観論者だというわけでもないし、自分を卑下しているわけでもない。

わたしはすべての関係性が、「常態」として「うまくいく」とは決して思えないし、それほど自分が好かれているとは絶対に思わない。常に最悪のことをイメージする。危機感というものはそういうものだ。だから書店に行ってサインをすることはけっこう多い。

もう数年前になるが、映画『トパーズ』を作ったばかりの頃、書店に前売り券を置いてもらおうと思って、都内の大型書店数軒を回った。単に前売り券を置いて下さいといっても、リアリティも誠意もないので、文庫本の『トパーズ』にサインをしようと思ったのだった。

銀座のある大型書店だったと思う。他の本にもサインしていただけますか、と言われて、もちろんですとも、とわたしは答えた。半年前に出た『超伝導ナイトクラブ』がどさっと持ってこられた。もちろん初版本だった。

わたしは、こんなに初版本が売れ残っていてはそのうち返本されてしまうだろう、と百冊近くの本にサインをした。サインをしたら返本できないだろう、と思ったのだが、あれはやはり返本されたのだろうか。

大型書店の文芸書担当には、ほとんど専門家といってもいいような「読み手」が揃っている。その辺の編集者よりはるかに厳密に小説を読む。これは、と思う文芸書を自分のリスクで出版社に注文しなければいけないので、当然だ。

彼らと話をするのは、楽しかった。彼らはもちろん小説を愛しているし、もっとも恐い批評家でもある。毎日毎日、金を払って本を買う具体的な読者と接しているから、小説家の衰えをもっとも敏感に感じとるのも彼らだと思う。この人達に見放されたら自分もおしまいだな、と思いながら、わたしは話をした。

書店を回ると、どんな出版物に勢いがあって、何がもう終わろうとしているか、よくわかる。

最悪なのは、一般雑誌だ。本が売れないと言われて久しいが、実は致命的なのは雑誌の方だ。『VIEWS』は廃刊になり、女性誌も男性誌も秋には廃刊ラッシュが待っている。断言してもいいが、『カピタン』も半年持たないだろう。

確かに総合誌を含めて雑誌が多すぎるが、決定的に売れなくなっているのはそれだけの理由ではない。国民的な興味というものが消失しているのに、相も変わらずそれを追っているからだ。また、「モデル」を示して、国民に「生きる指針」を提供するというばかげた方針がまだ残っているからだ。

たとえば小室哲哉が五百万枚のCDを売るという現実がある。それで、たとえば『BART』が小室君のインタビューを組むとする。小室君の音楽を聴いているのは、九十九パーセント小中高生だ。そういうインタビューを載せても雑誌が売れるわけがない。大人達は最初から興味を持たない。

イチローや野茂のインタビューや手記にしても、彼らは確かに新しいタイプのスーパーヒーローだが、彼らの肉声には興味がないという人が圧倒的に増えている。

彼らの打撃理論やピッチング術やプライバシーではなく、彼らの野球技術を純粋に楽しみたいと思っている「まっとうな人々」が増えているのだが、アホな編集者達はそのあたりに気づかない。

国民は、じいさんやばあさん以外、もう、生きていくための「モデル」なんか求めていない。若い連中は自分のことで必死で、他の人の生き方なんか参考にならないと気づき始めている。実際に、参考にはならない。

イチローだろうが、野茂だろうが、小室哲哉だろうが、村上龍だろうが、それはその人の生き方であって、そんなもの他人には何の参考にもならない。

「もうダメだと思ったことが何度もありました、でもそのたびに故郷でぼくの活躍を信じて待っている母のことが瞼に浮かび、何くそと歯を食いしばってがんばってきたのです。ぼくにだってやれたんだ、みんなもがんばっていればいつかいいことが待っているよ、大事なのはあきらめないことだ、目の前のことを一つ一つやっていけばいつか夢に手が届くのさ、青春万歳さ！」

昔はそういうのをみんな読みたがった。国民全部が共通して持つ悲しみ、近代化途上の「貧しさ」という悲しみがあったからだ。もっと前には敗戦という恰好の共通項があった。

今はない。ナッシング、ゼロ、何もない。

だから、他人の生き方なんかまったく参考にならないと、熱血的なバカでない限り、若い連中はみんな知っている。だから、男性誌は全滅だと思う。

女性誌にしても、健闘しているのは「生き方」なんか、はなから無視した「カタログ誌」だけだ。海外のリゾートも海外でのショッピングもだいたいもう紹介し尽くしたはずで、女性にしたって、生きる上での「モデル」や「ヒント」を雑誌で見つけようというのは既に偏差値の低いバカ女だけになっている。

こうして、マスに売れるのは『ぴあ』や『TOKYO WALKER』やリクルートの雑誌群に代表される純粋な情報誌だけになる。趣味の雑誌はがんばっているらしい。それもマイナーで、趣味的なものであればあるほど調子がいいそうだ。

では雑誌はこれからどうすればいいのか？　わたしはそんなこと知らない。興味がない。この国の人々は基本的にヒマで、雑誌が好きだから、すぐには全滅という事態はやってこないだろうが、そういう兆候は既に見えている。

とりあえず一度全部廃刊にしてみたらどうかと思うが、問題がないわけではない。

二十年前に比べて、出版に関わる人口はどれくらい増えているのだろうか？　編集プロダクションの社員、フリーのライターと編集者、カメラマン、その助手、デザイナーとかアートディレクターとかいわれるわけのわからん人種、そういう人々はどのくらい増えたか？

たまにインタビューなどで、とんでもないのがやってくる。出版界全体のレベルをキープするという意味でおれはどこかでこいつの面倒も見ているんだろうな、とわたしは悲しみとともにそう思ったりする。ライターなんか辞めて田舎に帰って、すっかり外国人の労働になってしまった水産加工業などに代表される単純労働に戻ったほうが本人のためだろうに、とまじめに思うことも多い。

彼らにギャラを払っているのは、「雑誌」だ。膨大な数の雑誌が、膨大な数の無能な人々を出版界に引き寄せ、単純労働を外国人のための仕事として回すことができた。

だから、雑誌の全滅は、外国人の仕事を奪い、偏差値の低い日本人失業者を増やしてファシズムの到来を招くことにもなりかねない。

だから、雑誌なんか全部なくなればいいとは言えないのだが、やはり一度全部なくなった方が、健康的でいいのかも知れない。少なくともわたしは困らない。

あ、少し困るかな。

女子高生をはじめとする若い女達は「かわいい」を連発する。わたしはそのことを批判しない。どうだっていいことだ。

若いジャーナリストとの連続対談をやっている。

中には若くない人もいるが、だいたいわたしより若い。そのために若いジャーナリスト、ノンフィクションライターが書いたものを読む機会が多くなった。

彼らの中には、「現場」で長く取材した人が多く、今のこの国の崩壊を感じとっているものもあって興味深い。この国のシステムの崩壊を描くためにはとりあえず「現場」に長く居続けないといけない。

だが、もちろん違和感を持つこともある。その違和感は、なんてこの人達はひ弱なんだろう、という感想で始まる。

「かわいい」という言葉の語法の変容について書かれているものもあった。

大まかに言うと、以前は「かわいこちゃん」という語法に代表される男性優位の象徴だったのに対し、七十年代初頭から女性の自己・世界肯定及び再構成の象徴となっていくというものだ。

その原因はとりあえず高度消費社会の到来ということになっている。そういう視点からこの国における「矮小なもの」「女性的なもの」「マイナーなもの」への再評価を試みる。同じようなニュアンスは他の何人かのジャーナリストやカメラマン、ノンフィクションライターの中にも見受けられた。彼らに共通しているのは「他者性の欠如」である。中村信一という戦場カメラマンは違った。彼は「他者性」に飢えている人だった。わたしは「戦場」カメラマンがすばらしくて、他の例えばAV女優の現場をルポしたノンフィクション作家がダメだと言っているわけではない。わかりやすいから例として出しているだけで、戦場カメラマンはこの国のシステムの崩壊を「現場」で確認するという意味で他のジャーナリストと同じだ。

だが、日本には戦場がないので彼は他者のいる国へと出かけていくしかない。彼は自然に他者に出会ってしまう。戦場では他者に飢えないと死んでしまう。それは、『アジアン・ジャパニーズ』の小林紀晴がアジアにいる日本人に注目してしまうのとは対照的だ。かわいい、という言葉は確かに何かを象徴していると思う。タイトルがそのままの女子高生の雑誌があって、『ラブ&ポップ』という小説を書くときは、その雑誌をすみずみまで読んだからわたしにとって馴染み深い言葉である。

その他にも、かわいいという言葉はこういう場合にも使うのかという機会に何度も立ち会った。

女優の高岡早紀は映画『KYOKO』の脚本を読んで、挿入されているダンスシーンを「かわいい」と表現した。ジャイアント馬場を実際に見た女の子が「すごい大きい、かわいい」と言うのを聞いたことがある。ペニスに真珠を埋めた男が、風俗嬢に「かわいい」と言われたと複雑な表情をしていた。

「かわいい」は、子猫や子犬の愛らしさを表現するだけではなくなっている。

英語対訳で「かわいい」の意味を探すと、「愛らしい」「親近感のある」「親愛なる、愛すべき」「小さくてきれいで受け入れやすい」というようなことになるだろう。

女子高生をはじめとする若い女達は「かわいい」を連発する。わたしはそのことを批判しない。どうだっていいことだ。

だが、かわいいの連発が象徴しているのは、女性の自己・世界観の再構築と再評価、だけではない。

それは彼女たちに限って言えばそうなるのかも知れないが、この国が、異文化を、「かわいい」が象徴するようなニュアンスに変質させてしまう機能を持っているということでもある。

女子高生や若い女達がそのことを見抜いているわけではない。この国にはそういう濾過のようなやり方以外では情報が入ってこないので、彼女たちが「かわいい」以外に知らないというだけのことである。

それにもちろん「かわいい」は最小の関係性の充実を象徴する。

天下国家より、夫婦や親子、恋人同士などの小さな関係性をより重要視するという考え方を「かわいい」は象徴していて、それは間違ったことではない。

だが、最小の関係性にしても「他者性」に支えられているのだ。「閉じられた」ものになると、関係性はいずれ腐る。

(ダメだ、疲れてきた。何か面倒な話になってきてしまった。この雑誌は『文藝春秋』ではない。もっと、楽な話題にすればよかった。この国やこの国の傾向を批判してもしょうがない。「他者性」と言ったって、その概念がない人は何のことかわからない。「危機感」にしても同じだ。「想像力」も同じだ。絶対にわからない)

ええと、話題を変えよう。

映画を撮ろうか、と考えている。映画に対する考え方を少し変えてみようと思う。できるだけ安く撮る。

今、この国できちんとした映画を撮ろうとすると、最低で五千万はかかる。一億かかるという説もある。もちろん五千万では有名な俳優なんか使えない。いや、何億あっても基本的には有名な俳優は使えなくなっている。テレビドラマやコマーシャルの予定が入っているからだ。

映画を作り続けるためには、損をしてはいけないとわたしは今思っている。製作会社に媚びを売るという意味ではなく、「お芸術」になってしまうからだ。「お芸術」になってもいいと思った瞬間に映画は堕落を始める。観客を無視してしまうのだ。

だがもちろんどういうものが受けるかなどと考えるのも間違っている。撮りたくて撮りたくて死んでしまいそうなものを撮らなくてはいけない。そのモチベーションを自分に与えるのが難しい。

今のこの国の映画製作のシステムは最低だ。映画が特別な地位にあることが、その大きな原因である。

日本映画はもうほとんど死んでいるのに、必ずどこかの雑誌が「日本映画の復活」などというバカな特集を組んだりする。

日本映画なんかなくなっても「映画」が残っていればいいじゃないか。文学と同じように、映画は偉いと思われているのだ。妙な尊敬をいまだに得ている。

わたしはこれからもっと映画を手荒に扱いたいと思う。そういう風に思えるまでに二十年もかかってしまった。わたし自身が映画を尊敬してきたからである。ジャンルを尊敬してどうする。表現の一つに過ぎないではないか。

日本でアホみたいに高いのは人件費だ。脚本ができていない前から、助監督がつく。映画は餓死寸前だが、テレビやVシネマの仕事は昔よりはるかに多くなっているので、スタッフは常に足りない。物価の高騰に合わせて、スタッフのギャラも上がっている。助監督には一ヶ月にどんなに安くても四十から六十万を払わなくてはいけない。

「プロを使わないと映画は撮れない、映画は偉いから」という間違った常識がいまだに支配的だからである。

助監督は、編集や音入れの段階まで、長いときには半年も付くから、三人いればそれで数百万が飛ぶ。カメラマンはもっと高い。カメラマンは自分で持っている助手を連れてくる。いつも組んでいる照明技師も一緒に必ず連れてくる。撮影やライトの助手はチーフを含めて、最低四人は必要だという不文律がある。そんなに要らないのだが、そういうところを惜しむとテレビとの差別化もできないから、大勢やってくる。

今、ものすごい低予算で作れないかと秘策を練っている。

わたしはスーパー16のカメラを持っているので、無名の俳優を使い、スタッフを切り詰め、学生のアルバイトを使えば必ずやれると思う。東京単館で上映し、ビデオで元を取って、海外配給で利益を出す。

今はそういう方法でしか映画製作は成立しないと思っている。

今のところわたしはW杯予選で日本を応援していない。まだ日本代表チームに感動したことがないし、感動したことのないものは尊敬できないからだ。

最初に本の推薦を一つ、片岡義男著『日本語の外へ』(筑摩書房・四二〇〇円)、六五〇ページの大著ですが、すばらしい論考で、わたしはいちいちうなずきながら読んだ。いろいろな人に「読んだか？　すばらしいよ」と聞いているのだが、ほとんど読まれていない。

片岡義男の小説はどうしても女子供向けというイメージがあるが、この本は違う。まさに目から鱗のすばらしい日本語・日本論だが、すばらしい論考というのは、何か新しいことを言っているわけではない。それまでぼんやりと何となく感じていたことが、正確に言葉の連なりとして目の前に現れる、ということだ。

どこか引用したいのだが、何しろ六五〇ページにわたってほとんど呪詛のように日本語への厳密な検証が繰り広げられるわけで、一部を抜粋して紹介するという本ではない。

それに、妙に抜粋したりすると、わかったような気になってしまうことが多い。わかったような気になってしまうというのは、私たち日本人の悪癖の一つである。

ダイアナが死んでから葬式までずっと「世界中が悲しみに沈んでいます」とすべてのテレビは悲痛な声で言っていたが、本当にそうだったのだろうか。

イギリスと、アメリカの一部の映像しかわたしは見ていない。ダイアナの豪華保存版の写真集が多く発売されている。そういうことにめくじらを立てて、怒っているわけではない。

私たち日本人はその手の本が好きだし、もともとひまな人が多いから、驚くことではない。よその国のものを自分のもののように語るのは何も最近始まったことではない。F1だろうがNBAだろうがNHLだろうがセリエAだろうが、ジャズでもオペラでもラテン音楽でも、まるで自分たちのもののように語る人があとを絶たない。

目黒の区民会館のような場所を借りて、毎年キューバダンスのコンテストのようなことが行なわれている。日頃お世話になっているキューバ大使館が主催していることなので、余り批判できないが、あのダンスはキューバ人のものなのだ。

筋肉の付き方、筋肉の柔らかさの違いからも日本人には向かない。わたしは決して踊りたいとは思わない。キューバ人は一緒に踊ろうとよく誘ってくれるし、そうやって誘う彼らにはもちろん他意はない。

昔、キューバ人の有名なダンサーから言われたことがある。

「ムラカミ、キューバの音楽とダンスの本質は、一緒に歌い、一緒に踊る、ということなんだ、みんな一緒に楽しむんだ、一人の卓越した演奏や踊りを他の人が鑑賞してそれで終わるものではない」

そのことはよくわかる。だが、キューバ人にとっては簡単で当たり前のステップが、私たちには別の惑星のもののように遠い。その遠さ、隔たりをまずきちんと認識することが大切だ。

その隔たりはもちろん歴史的なものだ。キューバのダンスのステップは振り付け師が一晩で考えたものではない。

人間のからだの、美しい動きのパターンはそう多くはない。クラシックバレエから日舞まで、ダンスのステップは、基本的に、からだの重心の移動をいかに美しく音楽とともにスムーズに行なうか、ということで考えられているわけだが、そういう動作が無限にあるわけがない。実は非常に少ない。

クラシックバレエの世界でも、新しいステップはこの数十年考えられていない。今世紀半ばに天才ジョージ・バランシンが始め、今でもフォーサイスなどに受け継がれているのは、ステップの「新しい組み合わせ」なのだ。

キューバのダンスのステップは、コロンブスの新大陸発見に始まる五百年の年月が産み出したものばかりだ。

たとえば有名なチャチャチャなどのステップにしても、誰が考え出したのか記録などには残っていない。無名のダンス好きがある日新しいステップを考え、みんなの前で披露する。動きに普遍的なかっこよさがあり、快感があると多くの人が認めた場合、そのステップは広まり、やがて歴史に残ることになる。

キューバでは今でも毎晩毎晩数え切れない新しいダンスの動き、ステップが産まれているが、ほとんどすべてのものが淘汰され、残っていくのはごくわずかである。

淘汰の基準は、極めて具体的で、大衆の意志によるフェアなものだ。大衆のからだの快楽が淘汰の基準であること、それがあらゆる種類のポピュラーダンスの定義だろう。

キューバダンスの歴史を勉強することから始めなければいけないと言っているわけではない。それは教養主義にもつながるし、意味がない。

淘汰の連続である歴史というものに正当な敬意と恐れを持つべきではないかということだ。自分にもすぐやれると思うのは間違いだし、あまり難しいことを考えなくても楽しければそれでいいではないかというのも間違いだ。

キューバのポピュラーダンスは確かに踊っていて快感がある。わたしは『KYOKO』の映画の準備で延べにして数百時間に及ぶ女優のダンスレッスンに付き合ったから、たいていのステップは知っているし、実際に踏むこともできる。別に自慢しているわけではなくて、単なる事実だ。

でも日本でもキューバでもほとんど踊らない。体型だってダンスに向いていないし、とにかく踊るのはあまり好きではない。踊って我を忘れるというのが好きではないのだと思う。他のことで我を忘れたいのかもしれない。

なんかわけのわからない話になってきたが、ついでに言うと世界中の社交ダンス愛好家が踊っているキューバンルンバとかチャチャチャやマンボのステップはでたらめだ。でたらめというか、あれはあれで長い時間をかけてでたらめになったわけだから別に怒ったりしているわけではない。

ティト・プエンテに代表されるキューバ出身のミュージシャンが、アメリカ合衆国に渡り何とか成功しようと、ラテンテイストをアメリカ風に薄めた音楽をダンスとともに広めた。それはキューバのソンと呼ばれる音楽とダンスが基本になっていたが、ソンではインパクトが弱いし、言葉の響きもかっこいいものではないので、エキゾチズムを感じさせるルンバというネーミングになった。

キューバのオーセンティックなルンバは、今広まっているキューバンルンバとはまったく無縁の別のものだ。不毛なので、どんなものか説明はしない。そういうのはもう疲れた。日本で社交ダンスとして踊られているキューバンルンバはそうやって産まれたものがアメリカ合衆国経由で伝わったものだ。

「だから何だ？　踊るなというのか」と言われると困るが、非常に醜く下らないと思っているので個人的には、大っぴらに踊って欲しくない。

どこか秘密の場所でひっそりと、できればお年寄りが公園の隅でひっそりとゲートボールをやるように踊って欲しい。

私たちが楽しんでいるのだから口出しするな、と言われればそれまでだ。

最近の、ものすごく下手な演奏能力のポップミュージックのバンドの人たちにしても同じだ。驚くべきことに、楽しんでいるらしい。

「楽しんでいるのだから」という開き直りを感じる。でもやっぱり止めて欲しい。

素人芸を人前でやられると、また人前でやってるらしいと知るだけで不愉快になるから、できればみーんな今すぐに止めて欲しいが、たぶん無理だろう。

ダイアナのことからどうしてこういう話題になったのかな。自分のもののように思いたがる、という話だった。まあ、無知ということで、しょうがないか。

ダイアナについては確かに死んだのは可哀想だけど、よその国の人なんだし、そのことに学んだりすることは何もないのだから、そんなことに時間をとられるのは損だと思うが、他人事だから別にいいか。

唐突に話題は変わるが、セリエAが始まった。

久しぶりに見ると、日本のワールドカップ予選なんかずっと見ていたせいで、サッカーの楽しさを忘れていたなと思った。パスの速度と精度はますます高まって、運動量はさらに増えていた。見ていて気持ちよかった。優れたアスリートや、その集団の動きは音楽的だ。

今のところわたしはW杯予選で日本を応援していない。まだ日本代表チームに感動したことがないし、感動したことのないものは尊敬できないからだ。

尊敬できないものは、個人であれ、チームであれ、応援しないようにしている。

日本代表のサッカーは日本の象徴だった。

この原稿が活字になる頃には、日本サッカーのフランス行きの可否がはっきりしていることだろう。

その結果がどうであれ、日本代表のサッカーは日本の象徴だった。日本的な欠点をすべて持っていた。サッカー協会やスポーツメディアも同様だ。

ホーム・国立での韓国戦のあと、格下と思われる相手にぶざまな引き分けを続けて、メディアもファンも怒ったが、日本代表の実力はもともとあれくらいのものだ。

それを勘違いするようになったのは、FIFAが発表するポイントランキングと、最終予選の前にひんぱんに行なわれたエキジビションマッチの結果によるものだと思う。

FIFAのランキングにしても、日本で行なわれたエキジビションが大きな基準になっている。そのランキングによると、日本は十七位で、あのポルトガルより上なのだ。韓国も日本の下、カザフスタンに至っては百位近くも下である。

日本は豊富な資金力にものをいわせて、キリンカップをはじめ、無意味な親善マッチを多くプロデュースした。クロアチア、メキシコ、トルコなどに加えて、ブラジルまで招聘した。すべて金の力である。

日本代表と試合をしてみたいなどと思う国などいない。日本が弱いから、ではない。日本のことなど誰も関心がないだけだ。ワールドカップに一度も出たことのない国のサッカーなんか、世界のサッカー関係者は誰も知らないし、興味を持っているのは破格のギャラを貰えるらしいとJリーグに入りたがっているロートルの選手か、異様に貧乏な中南米の選手だけだ。

サッカーはあらゆる集中力を要するハードなスポーツなので、選手達はエキジビション・親善試合では「友好的」なプレイしかしない。考えてみればすぐわかることだ。

クロアチアは、今やヨーロッパのトップチームになっている。タレントの宝庫で、多くの選手がイタリアやスペインリーグのトップチームでプレイをしている。そういうチームが、日本代表と試合をしたがる理由が金以外にあるだろうか？　クロアチアがベストメンバーで舞台がワールドカップの決勝トーナメントだったら、日本は少なくとも五点は取られて負けるだろう。

当然クロアチアはボバンやボクシッチ、スーケルなどのスタープレイヤーなしでやってきた。

極東の、ワールドカップに一度も出たことのない国で催されるわけのわからない試合がヨーロッパで注目されるわけがない。注目されない試合では選手は全力を出さない。

そういうエキジビションマッチでサッカーの先進国と対等な試合をした、ということでメディアや協会は信じられないことに日本代表チームの実力を計ったのだ。そういうことはやってはいけないことだが、他に方法がないのでしょうがない。自分たちの実力を計る手段がない。

今年エムボマというアフリカの選手がリーグで旋風を起こしたらしい。エムボマは間違いなくワールドクラスのスター選手だが、あれくらいの選手はナイジェリアにもガーナにもモロッコにもチュニジアにもけっこういる。そういったアフリカの選手達はドイツやオランダのリーグで、Jリーグのスター選手の十分の一、二十分の一のサラリーでプレイしている。

クロアチアの人口は確か四百万強である。日本はその二十倍以上の人口を持ちながら、サッカーは彼らに遠く及ばない。バスケットでも遠く及ばないし、テニスでもクロアチアにはすごい選手が大勢いる。

GDPの比較はどうだろうか？　きっととんでもない違いだと思う。

今、ホーム・国立でUAEに引き分けて、一部のファンが暴動に近い騒ぎを起こしたという時点でこの原稿を書いているが、長沼というサッカー協会の会長は「死ぬ気でやれ」という冗談のような激励のコメントを発表した。

サッカーを知らない例えば首相のような人間がそういうバカなことをいうのはまだわかる。サッカー協会の会長がそう言ったのである。

無知というのはつくづく恐ろしいと思う。

知というのは、何事かについて自分がどれだけ知らないかを知っていることである。

無知な人たちは、自分たちが無知だと知らない。無知は場合によってははっきりとした罪になる。

例えば田舎で一生、畑を耕して生きる人たちは、英語ができなくても罪ではない。誤解のないように言っておくが、わたしはそういう人たちを軽蔑しているわけではない。

だが、ある場所で英語で救助を求めている人がいたのに、横を通りかかって助けなかったような場合、英語がわからなかったというのはエクスキューズとして通じない。それが罪になる場合だってある。

わたしは旧日本軍の蛮行の多くは原因として言葉が喋れないことが大きかったような気がする。中国人が何か言っていてその意味が分からない、それで恐くなって撃った、というようなことは非常に多くあったのではないだろうか。

英国人捕虜を虐待したのも、彼らの要求が旧日本軍一般兵士にはまったく理解できなかったことが大きいのではないだろうか？

英語や中国語や朝鮮語が理解できた将兵は全体の何割くらいいたのだろう？　アメリカは日米開戦に向けて、日本語ができる情報将校を数万人養成したのだそうだ。

現在邦人救出のための自衛隊の海外派遣が問題になっているが、自衛隊はそれに備えて語学の学習をしているのだろうか？

中南米はそういった紛争・内乱時の邦人救出のモデル地区の一つだろう。スペイン語を話す自衛隊の将校はどのくらいいるのだろうか。

そういったことは実際に海外で言葉で困った経験がないとわからない。無知だとわからないのである。

私は何となく今回はワールドカップの本戦に行けそうな気がしていた。それは、オリンピックでブラジルを破った若い選手が何人か代表に入って、彼らが世界との距離を把握しているのではないかと思っていたからだ。

それはある部分で事実だったと思うが、加茂前監督を含めて日本サッカー界がよってたかってダメにしてしまった。

どういう風にダメにしたかというと、そのためのトレーニングをせず、考えるということを放棄したことに尽きる。

一点リードしているときにディフェンダーを入れ、一点ビハインドでフォワードを入れる、そういう作戦だったら、わたしにもできる。残り十五分で、一点勝っているときと負けているときのフォーメーションは違う。それはトレーニングしないとわからない。

一九七四年のドイツで旋風を巻き起こしたオランダチームは、一つのフォーメーションを一ヶ月かけてマスターし、四ヶ月かけて四つの革命的なフォーメーションをもって、ワールドカップに臨んだという。

日本代表はいったいどの程度のトレーニングをしたのだろう？

世界をなめた結果がこうなった。たぶんなめてかかるつもりはなかったのだと思う。世界との距離を測ることができなかっただけだ。

単に、信じられないほど、無知だったのだ。

前の大戦の大本営と同じだ。

非科学的な戦略、情報の軽視、世界に対する無知とその裏返しの傲慢、あの頃と何も変わっていない。

旧日本軍にとっての「ノモンハン」と同じようなことが昔サウジアラビアで行なわれた国際大会で起こった。九五年のインターコンチネンタルカップである。

日本は若手主体のナイジェリアとアルゼンチンに目を被うような敗北を喫した。なぜかその結果はすぐに忘れられた。

あの結果を基準にチームを強化するべきだったと思うが、日本人は自分たちにとって都合の悪いことはすぐに忘れてしまう。

結局そういうやり方が通用しなくなっているのである。

中田や名波の優れた技術はメディアから徹底的に無視された。

W杯予選の国民的盛り上がりはすごいものがあった。スポーツ紙だろうが一般紙だろうが、常に破格の扱いで、予選突破が決まったあとも、いまだにその余波は続いている。このようなことは、今までなかったのではないか。

他に明るい話題があまりないし、相撲やプロ野球には「日本代表」がいないから、世界と対戦することがない。一ヶ国での集中開催ではなく、長い長いホームアンドアウェーでの戦いだったことも、国民的フィーバーの一因となった。どん底から這い上がっていく、というような「物語」が生まれた。

一部のファンやスポーツ雑誌を除いて、メディアの盛り上がり方は、もちろんこれまでと同じように、ヒステリックだった。たった一試合勝っただけで、「フランスが待っている」みたいな書き方をした。ホームでの韓国戦での逆転負け以来引き分けが続くと、「自力二位がなくなった」と騒いだ。

何度スポーツ紙の一面に「絶望」の文字がでかでかと載ったことだろう。この国のメディアやサッカー協会を今さら批判してもしょうがない。だが、今回のW杯アジア最終予選での、メディアの対応とサッカー協会の態度は、この国に特有の精神性を考えるための良い材料になった。

今回のサッカーフィーバーには、「世界に参加するのは簡単ではない」「世界に参加していくことはそれだけで快感がある」という二つの実感が含まれていたと思う。

もちろん、そういう視点から記事を作るテレビや新聞や雑誌はなかった。日本代表の、選手や監督、協会への批判も含めて、サッカーの記事には、他の国との比較を元にした分析や批判や賞賛がなかった。

それは当たり前のことで、ほとんどの記者たちはずっとこの国にいるので、他の国のスポーツ事情を知らない。だから比較できないし、書きようがない。スポーツ新聞の記者、テレビのインタビュアー、一般雑誌の記者たちは、サッカーのことを知らずに記事を書き、選手にインタビューする。それはどう考えてもおかしいが、そういうやり方が通用している。

技術的なことが、まったく重要視されていない。テレビやスポーツ紙のインタビューは、選手や監督の「心情」に関して行なわれる。

「本戦行きを決めたとき、どんな気持ちでしたか？」

「あそこで交代させられたときは、どうだったんですか？」

「戻ってきた選手たちが本当によくやってくれましたね」

「今、この勝利をですね、誰にまず報告したいですか？」

「みんなで、一丸となって、勝ち取った勝利ですね」

どういう答えを記者たちが欲しがっているのか、簡単に想像がつくものばかりだ。選手や監督との「一体感」を持てるような答えを引き出すことだけが目的の、インタビュー。

「みんなが一丸となって目的に邁進し、代表に戻ってきた選手も、交代させられた選手も、一つになって戦った結果です、勝ったときはとにかくこれまでの努力と苦労が報われたのだと思って、頭が真っ白になって、感動しました、この勝利は国でテレビを見ている両親に真っ先に報告したいです」

そういう答えは「国民的一体感」を生む。一体感が最初から厳然と存在するこの国で、いや、一体感以外には大して重要な長所がないような国で、どうしてさらに一体感を強調し、確認しなくてはいけないのだろうか。わたしは批判しているわけではない。その原因と結果を明らかにしたいのだ。

一体感を求め、それが必要なのは、幼児である。幼児は、母親のからだから離れ、世界と自分の分離を初めて経験する時期に、母親に甘えることが必要らしい。母親との一体感を楽しむことで、世界はただ悪意に充ちたものではないことを知る。

だが、彼が成長して、母親や家族から社会的に分離する時期には、一体感を求めない心理作用が自然発生する。個人と国家を単純に重ね合わせてはいけないが、甘えは集団の中に発生するので、幼児と母親というようなモデルがあるとわかりやすい。集団における甘えは相互批評を否定するので基本的に危険だが、「全体が一丸となれるような」モチベーションがある場合に、一見有効なもののように映ることがある。たとえば国家における近代化のような大目標がある場合などである。

そういう一体感が支配的な価値観になっている集団の中では、構成員どうしの確かな絆のようなものが最優先の関心事になる。

選手たちは交代させられても、使われなくても、不満などなく自分の替わりの選手を応援し、全員一丸となってプレイし、勝利は家族や国民全体にまず報告され、やっと苦労が報われたという、我を忘れるほどの感動を示さなければならない。

苦労は非常に尊重される。というよりも、全ての成功の背後には苦労がなければならない。苦労を重ねて、同質の集団の中を這い上がったものだけが、栄光を得る資格がある。

記事はもっぱら苦労についてのみ書かれる。苦労について書くのが、簡単だからだ。流した涙と汗、家族との別離の辛さ、雌伏に耐えた時間の記憶、それは、近代化途上の国家のあらゆる「物語」の雛形だ。

苦労に比べて、才能や科学的トレーニングや技術や情報といったものは軽視される。あるときはそれは憎むべきものとなる。才能、科学的な訓練、技術、情報、それらは、いずれも集団を横断するためのものだからだ。あるいは、ある集団を出て別の集団に入っていくために必要なものなので、一体感を基調とする共同体内では恐怖の対象となる。

今回のサッカーでも中田や名波の優れた技術はメディアから徹底的に無視された。

技術という言葉には、すでにネガティブな響きがある。苦労、熱意、誠意、根性、そういった言葉に比べると、冷たくて、人間味のない、無機的なニュアンスを持たされている。技術、と聞くだけで、たとえば旋盤工やテレビの修理を想起するし、訓練、という言葉を呟くだけで、昔の職業訓練所のような暗い施設を思い出してしまう。

この国で、「君たちには技術が必要だ、だから訓練に励みなさい」というようなことを言われるのは、どういう人々か考えてみるとわかりやすい。

少年院や刑務所の受刑者、こころや身体に障害を持つ人々、少数民族、在日の韓国、朝鮮の人々、そういう人々に向かって、技術の習得がよく勧められる。

大蔵省の新人官僚に向かって、技術の習得に励むように、という訓辞がなされているところを想像するのはむずかしい。

だが、科学的なトレーニングに支えられた高い技術だけが、集団を横断するのだから、世界に参加するために必要なのは苦労ではなく、まさに、技術なのだ。

語学力を一つの技術と考えるとわかりやすいかもしれない。他の国で何か仕事をやろうとするとき、「これまでの苦労」などというものは何の役にも立たないし、評価されない。

世界の金融マーケットから問われていて、この国の銀行や証券会社の株価を下落させ、連鎖倒産の深い原因となっているのは、技術を軽視するというような、そういう体質そのものなのだが、今のところ老人達は気づいていないようだ。

愚かな女子高生と話していると、まるで死人を相手にしているような、いやな感じになる。

先月は確かスポーツ新聞などによる、選手の技術軽視、人間性偏重について書いたような気がする。別にスポーツ紙に恨みがあるわけでもないし、批判して、改善して欲しいと思っているわけでもない。先日知り合いのスポーツ紙編集者から、それはしょうがないですよ、というファックスをもらった。

「だいたいですね、今のスポーツ紙のデスククラスというのは戦後の超貧乏時代に、ボロ布を縫い合わせてグローブ作って野球してた人たちを取材してきたわけですからね、中田のことなんか理解できるわけがありませんよ、世界のことに思いを馳せる余裕なんかあるわけないじゃないですか、野茂のことだって、伊良部のことだって、誰もわからないんですから」

そういう話を聞くと可哀想だな、と同情したくなってくる。

女性誌やテレビのワイドショーにしてもきっと同じなのだろう。作っている本人たちは、民衆のためだとかいう風に思ってやっているのだろう。

民衆というのは愚かで可愛らしいものだ、だから彼らの娯楽や彼らのための情報というものは、極めてわかりやすいものでなくてはいけない、女性誌やワイドショーを製作している人々はきっとそう思っているのだろう。

それはそれで一理ある。愚かな民衆というものはどこにいるのだろうとずっと不思議に思っていた。そういう人々に会わずに済むように生きてきたので、あまり会うことがなかったのだ。

最近、そういう人に会う機会があった。女子高生だ。インターネット版の『ラブ&ポップ』におまけとしてのインタビューを載せようということになって、女子高生百人に会っているところなのです（映画の『ラブ&ポップ』とは違います。ちなみに『エヴァンゲリオン』の監督の庵野秀明が撮った映画の『ラブ&ポップ』は傑作です。ぜひ映画館で観て下さい。一月十二日封切りです）。

インタビューで会った女子高生のうち、数人、しっかりと「愚か」なのがいた。愚かな女子高生というのは、援助交際さえしていない。では何をしているかというと、何もしていない。

もちろん勉強をするわけでもなく、当然本も読まず、音楽も聴かず、スポーツもしないし、彼氏もいないし、週末のクラブ・パーティにも行かず、恋愛にもセックスにも興味がなく、おいしいものを食べようという意欲もなく、外国にも興味がない。そしてそういう女子高生は、例外なく、ブスだ。

どういう風にこれからの人生をいきたいかと聞くと、彼女達は答える。

「何も苦労せずに、友達と話したりカラオケに行ったりして、楽しく生きていきたい」

わたしが会った約五十人の中でそういう「愚かな」女子高生はほんの数人だった。だが、おじさんの作家のインタビューに行ってみようという意志のあるというのは、どちらかというと比較的意識的に生きている子だろうから、一般的には「愚かな」女子高生はもっともっと多いとわたしは思う。

そういう愚かな女子高生と話していると、まるで死人を相手にしているような、いやな感じになる。コミュニケーションの必要性を自覚していない。人間というのはコミュニケーションする動物であり、文学的に言うとコミュニケーションそのものだから、厳密に言うと彼女達は人間ではないのだ。

勘違いしないで欲しいが、わたしはそういう女子高生を目の当たりにして、嘆いているわけではない。そういう人種は確実に存在しているし、長い時間をかけてバカになったわけだから、もうしょうがない。救いようがない。親や教師が十数年をかけて真のバカに育て上げたのだ。愚かな人種のわかりやすい典型として紹介しているわけです。

スポーツ紙や女性誌、それにテレビのワイドショーなどは、そういう人種を対象に作られているのだろう。

それに、そういうスキャンダルペーパーや露悪趣味の女性雑誌、俗悪を売り物にするテレビ番組は何も日本だけにあるわけではない。しかし、海外の、そういった低俗なメディアはたいてい非常にマイナーな会社の経営によるものだ。歴史がなく、ジャーナリズムとしての信用のない小さな新聞社、雑誌社、テレビ局だけが愚かな人々の相手をする。

本来ジャーナリズムは扱う情報の信用度が生命線となるので、あまりバカなことはできないものだ。いくら雑誌が売れテレビの視聴率が上がっても、信用が落ちれば自分の首を締めることになってしまうから、あまり低俗なことはできない。

この国は違う。有力スポーツ紙はすべて大新聞社の系列だし、女性週刊誌も写真週刊誌もすべて歴史のある大出版社から出ている。ワイドショーをやっているテレビ局も、すべてこの国を代表する大新聞社・大資本のものである。

つまり、この国では、歴史のある正統的なジャーナリズムと、基本的には弱者であるマイナーなブラックジャーナリズムという対立がほとんどない。勘違いしないでね。そのことを嘆いたり、批判したりしているわけではない。誰も言わないから指摘しているだけで、そんなことわたし個人にとっては別にどうでもいいことだ。

つまり、入学が難しいとされる大学を卒業して入社した人間たちを使って、愚かな民衆のために、それを愚かなことと知りつつ、メジャーな大会社が愚かな新聞や雑誌やテレビの番組を作っているということで、それは金と労力のものすごい無駄で、大不況が押し寄せてきそうなときに、そんなことをしている余裕が果たしてあるのだろうか、と思うだけだ。

話は変わるが、この三ヶ月間ほど、小説を書くときにカギかっこを使っていない。

「まあ、わたしを愛しているの？」

「そうだ、君は本当にブスだね」

とヒロシは言った。

「でもあなたが好き、殺したいくらいに」

アケミはそう答えた。

みたいな文章を書いていない。どういうわけか、カギかっこに収まった会話というものにひどい嫌悪を感じるようになった。日本語で行なわれる会話・コミュニケーションをとりあえず信用できなくなっている、というのが理由の一つだと思う。

日常的には、もちろん言葉も、その意味も通じている。

「駅はどっちですか」

「あなたが今やってきた方向です」

というような会話だったら、充分に成立している。だが、個人的な意見や考え、価値観などを表明・説明することは難しい。以前はそういうことはなかったのだが、インタビューされた原稿をかなり入念にチェックするようになった。わたしが言ったことと、ニュアンスが違ってまとめられてしまっていることがものすごく多い。インタビュアーが、自分の言葉で勝手に書き直してしまう。

一度上がってきた原稿を何度全面的に直してもらったかわからない。喋ったことを直さないで、つまり助詞や語尾を変えずにできるだけそのまま載せて欲しい、と要求することも増えた。わたしが喋る内容が昔に比べて難しくなったわけではない。ただ、価値観の転換点というようなデリケートな話題を話すときに、日本語はどういうわけか急に曖昧になってしまう。それを、インタビュアーの情報の範囲内で解釈されてしまうと、意味が違ってくる。

神経症の症状にしても、犯罪にしても、突発的なものが圧倒的に増えているようだ。心の中の病理が、姿を変えてある行為や症状として表れる、というような精神病理学の常識が通用しなくなっている。それまで正常に生活してきた人が、突然かなづちを振り回して通り魔になり、意味不明の言動を繰り返すようになって、たとえば鬱病と診断される。正常なコミュニケーションを突然放棄する人間が増えているのだ。

コミュニケーションは自明のもの、という近代化途上の常識が通用しなくなっていることの実例があちこちに転がっている。だからわたしはカギかっこによる会話がいやになったのだと思うし、ジャーナリズムは無駄なことをやっている余裕はないと思うのだが、きっとわかっている人は少ないのだろう。

理念というのは、絶えず疑いを持って現状を見つめることのできる何かだと、柄谷行人は言った。わたしは正しいと思う。

このエッセイは十数年続いていて、その基本的なモチーフは日本社会への批判だった。このエッセイを始めたのは確か八〇年代の初めだったが、そのころは日本的な洗練の絶頂期だったと思う。つまり、経済成長の最後の時代をみんなが謳歌していたのだ。「おいしい生活」というコピーがその時代を象徴している。外の世界の情報や生活様式を都合よく上手に手に入れ、内輪だけで楽しむことができていた。生活はどんどん便利になり、おいしいものや快適なことが未来には溢れているかのような幻想が支配していた。そういう溢れかえる情報と記号の小さな差異と戯れること、八〇年代初頭に活躍した文化人はそれを実践していた。

そういう日本のムード全体がわたしは不快だった。もちろん今でもその不快感は残っているが、この国のシステムそのものがその基盤から揺らいでいて、今にも崩れ落ちようとしており、前述した文化人たちは表現を停止するか、あるいは新しい反動化に与《くみ》しようとしている。

わたしは最近自分が行なう批判そのものに疑いを持ち始めた。システムの崩壊に際して、また、さらに深まっていくばかりのこの国の閉鎖性に対して、正当に批判する言葉と文脈を自分は未だに持っていないのではないかと思い始めたのである。

わたしは小説家として社会的な責任を感じているわけではない。ただあらゆる言葉が上滑りをしているような奇妙な不安感があるだけだ。明らかに異常だと思われることが日々進行しているのに、誰もそのことについて言わない。まるで、言葉を持っていないかのようだ。

たとえば、既に出版社でも放送局でもレコード会社でも「東大卒」というブランドは通用していない。早稲田だろうが慶応だろうが上智だろうが、卒業しただけなら、それがどうした、ということになっていて、社会的に何ら有効ではない。朝日新聞の東大卒の記者には気を付けろ、という新しい常識が数年前からある。受験勉強の知識しかなく、意味のないプライドだけがあって、とんでもない記事を書くことがあるのでできれば付き合うな、ということだ。

要するに、使えない奴、ということになっているわけだが、塾に通っている子どもたちに誰もそういうことを言わない。巨大な教育産業は、東大を頂点とするヒエラルキーを信じることで成立している。その神話は既に崩壊していて、幻想であるにも拘わらず、二千万以上

理念というのは、絶えず疑いを持って現状を見つめることのできる何かだと、柄谷行人は言った。わたしは正しいと思う。

の人間が塾に通い、より価値が高いとされている大学を目指している。それは途方もない無駄だが、誰もそんなことは言わない。

たとえば今の大蔵省や銀行や証券会社をどのような言葉と文脈で批判すればいいのだろう。テレビや新聞や雑誌を見ると、すべてのキャスターや記者や論説委員は大蔵省に対する怒りと嘆きと驚きを表明している。だが、共通しているのは、大蔵省の不祥事がまるで他人事であるかのように聞こえてしまうということだ。

「こういうことはもちろん氷山の一角でね、彼らは昔からやってきたわけですよ、そもそも大蔵省に限らず他の省庁でも、銀行や企業を監視・監督するというよりも『指導』するという立場でやってきたわけだから、許認可を巡って自分たちも利益を受けるのが当たり前という体質が官僚たちには明治時代から伝統としてあったんです、こういう体質は一夜にして消えるものではありません、徹底的にメスが入れられるべきでしょうね」

識者と呼ばれる人がテレビに登場してよくそういうことを言う。まるで外国のことを話しているようだ。翻訳して外国人に見せたら、同じ日本人による発言だと思わないだろう。日本通の外国人が日本の大蔵省官僚不祥事について解説しているもの、と思ってしまうだろう。上記の発言には「解説」と「誰かが何とかしなければいけない」という提案以外には何もない。

何かを批判するときは、ある基準や原則が必要だ。理念やビジョンと言ってもいいだろう。批判の対象の本来あるべきイメージを持っていないと、ただの無い物ねだりになってしまう。

「来るところまで来たという感じですね、この十三歳にしても氷山の一角で、発作的に教師に暴力を振るう生徒は無数にいるはずです、ただこれまでと違うのは、普段目立たない大人しい子供が、突然、切れる、ということで、昔の不良のイメージとは違うわけです、教師と生徒の間のコミュニケーションが成立しにくい時代なんですね、ただ、一見発作的なように見えますが、この十三歳にしてもストレスはきっと限界まで溜まっていたんだと思います、事件を起こす以前に何らかの兆候を見せていたはずなんです、シグナルを送っていたと思うんです、また、この事件そのものが、子供の、助けてくれという信号なのではないでしょうか、今後、このような事件はますます多発すると思います、子供の発するシグナルを見逃さないこと、一人一人の子供を注意深く見守っていくことがこれまで以上に大切になってくるのではないでしょうか」

中学一年生が女性教師を学校内で刺殺した事件のあとの、ある識者の発言である。良識的な発言だが、わたしにはやはり他人事のように聞こえる。

誤解されると困るが、わたしは「識者」を批判しているわけではない。この国の学校の現状や官僚の汚職を憂えているわけでもない。重大な事態に際して、わたしたちはそもそも批判する言葉と文脈を持っていないのではないかということを指摘したいだけだ。

繰り返しになるが、批判には基本的な理念や将来へのビジョンが不可欠だ。しかもその理念とビジョンは、日本国に属する個人がポストモダンをどう生きるかという大問題だから、簡単に探せるわけがない。だが、探そうとしない限り、絶対に見つからない。そういう理念やビジョンを誰も探していないようにわたしには思える。官僚や銀行や証券会社の汚職はとりあえず法で裁くことができる。だが、ビジョンがないと、働くモチベーションが見出せないので、汚職がなくなることもないし、汚職を正当に批判することもできない。他人事のように驚き、嘆き、怒る、理念やビジョンを探していない人間ができるのはそれだけだ。

現在の不況は、危険なデフレの可能性を持つ深刻なものである。景気回復の障害となっている最大の要因は国内消費が伸びないということだ。日本人は千二百兆円という巨額の個人金融資産を持っているそうだが、その金が国内市場に一向に流れない。

これまでのシステムが崩壊しつつあるのだと人々は気づき始めているのではないだろうか。何に金を使うべきか、日本人は考えあぐねているようにわたしには思える。メーカーや広告代理店はまだそういうことを考えてはいないようだし、わたしが消費者のことをある意味で過大評価しているのかも知れない。

だが、前述した途方もない無駄は個人消費のプロパガンダにも見られる。イチローが宣伝しているからといって日産の車を買う人が今の時代に大勢いるとは思えない。野茂のトヨタにしても同じだが、その二人はまだいいほうで、パソコンのCFに至っては、メーカーも広告代理店もほとんど思考停止に陥っているようだ。これからパソコンを買おうと考えている人が、長嶋茂雄や竹中直人や高倉健が使っているから、という理由でその機種を選ぶはずがない。

広告代理店やメーカーの宣伝部は消費者をなめているわけではないと思う。一頃のブームが去ったあとで今自覚的にパソコンを始めようとしている層と、長嶋茂雄や竹中直人や高倉健の支持層が明らかに違うということがわからないのだ。広告代理店は戦後の消費動向をリードしてきたが、既に曖昧なムードでは消費者を乗せることはできないのに、それがわかっていない。

わたしの予想より遥かにはやいスピードで古い人々の想像力は死に絶えている。

わたしは自分の想像力が建設よりも破壊に向いていることを自分でよく知っているつもりだ。

だから、理念やビジョンを考えることで、二十一世紀の日本に建設的に尽くしたいなどと思っているわけではない。未だ死にきれないでいる古いどうしようもない人間たちに、引導を渡したいだけだ。おれはお前らとは違ってこういう風に生きるから、心置きなく死んでくれ、と正確なイメージを持って連中とは違う価値観をはっきりと示したいだけだ。

だが、未だ自分が現状を批判するためのイメージを持っていないことを、わたしは忘れないようにしようと思う。そのイメージを持てないままポストモダンを迎えると、黒船と原爆によって半ば強制的に意識変革させられた過去の知識人と同じ迷いの中で生きなくてはいけなくなる。

理念というのは、絶えず疑いを持って現状を見つめることのできる何かだと、柄谷行人は言った。わたしは正しいと思う。

わたしにとっての理念とは、「境界」を探して、その中に身を置くことである。

久しぶりにキューバに行って来た。ハバナに数日滞在しただけで、レコーディングもビデオの撮影もしなかった。ハバナは変貌していて、活気があった。わたしが最初に訪れた頃は、キューバにとって経済状態が最悪だったのだ。旧ソビエトと旧東ヨーロッパ諸国が崩壊して、外貨準備が一挙に減り、ガソリンを始めとする輸入品を買うことがまったくできなかった。

今は違う。国民がドルを持つことを認め、レストランやお土産屋、それにタクシーなどの個人営業を許可したことで、国内需要が急激に増え、経済が回転し始めたのである。

観光業や音楽家など一部の人だけがドルを手に入れることができて、個人のドル所持自由化が新たな貧富の差を生んだ、と評する外国人ジャーナリストもいる。だが、その程度のことはしょうがない。キューバがどういう国家になればベストなのかイメージできないで、政策を批判するのはただの無い物ねだりだ。

キューバのことを報告するのがこのエッセイのテーマではない。キューバについてはこれまでいろいろ書いてきて、ほとんど伝わらなかった。自分が受けた感動を元にした情報というのはなかなか伝わらないのだということがわかった。わたしはキューバの魅力についてまだ何も語っていないのだと思う。

ハバナに数十人の日本人がいた。彼らは、キューバのカーニバル音楽であるコンガ・コンパルサの演奏チームだった。同好の士が集まってそういうチームができて、浅草のサンバカーニバルなどで優秀な成績を示し、本場キューバのカーニバルに参加するためにはるばる日本からやって来たのだそうだ。わたしは彼らにケチを付けたくない。彼らは貴重なラテン音楽のファンで、わたしがプロデュースするコンサートの常連のお客であり、わたしが作るキューバ音楽のCDを買ってくれる人たちでもある。

キューバの二月のカーニバルは中止になってしまったが、彼らはハバナの広場や野外ディスコで現地のミュージシャンと共に演奏したらしい。わたしはその演奏を見ていない。チームの中には知り合いもいたので、一度どういう演奏をするのか見てみたかったが、いろいろな雑務で時間が取れなかった。

キューバ人の音楽を日本人がやるということをどう考えればいいのだろうか。NHK総合で、日曜日の十一時台に『ときめき夢サウンド』という音楽番組をやっていて、たまに見ている。いしだあゆみとデイブ・スペクターが司会で、五〇年代のアメリカのミュージカルとか、アカデミー賞を受賞した映画音楽とか、懐しのカントリーソングとか、大ヒットしたブラジル音楽とか、それぞれテーマを決めて、基本的に日本人の演奏家や歌手のパフォーマンスで番組が構成される。

たとえばカントリー&フォーク特集では、カントリーを歌い続けて五十年という歌手やグループが登場したりする。わたしは、曲目が懐しくて、しばらく番組を見るが、奇妙な気分になって必ずテレビを消してしまう。他の国に、たとえば韓国やインドネシアやフランスやイタリアやチェコに、カントリーを歌い続けて五十年という人が果たしているだろうか、などと考えてしまうのである。カントリーやハワイアンやアメリカのポピュラーソングを歌い続けて五十年という人の生涯について考えてしまう。好きなことをやり続けたのだから、それでいいのだろうか。

カントリーは確かにアメリカの歌だが、ニューヨークのブラックハーレムのレコード屋にはカントリーのCDが置かれていない。逆に、映画『KYOKO』の撮影で訪れたノースキャロライナのスーパーマーケットのレコード売場は、すべてカントリー&ウェスタンで占められていて、ヒップホップを含めて黒人音楽のCDは一枚もなかった。カントリー&ウェスタンのファンの黒人はいない。それはカントリー&ウェスタンがある階級と人種のための固有の歴史を持つ音楽で、ジャズやロックやクラシックのようには一般化・抽象化されていないからだ。カントリー&ウェスタンは基本的にプアホワイトの歌である。そういう音楽を日本人が五十年もプロとしてやり続けるということはどういうことなのだろうか。

わたしは、そういう人たちを批判したいわけではない。尊敬しているわけではないが、軽蔑しているわけでもない。他の国の、まったく別の社会背景と歴史を持つ歌を歌い続けるということはどういうことなのだろうと不思議に思っているのである。この歌は他の国の人のものだ、という風には考えられないのだろうか。ラテン音楽の雑誌を見ていると、巻末に同好会便りのようなページがあり、フラメンコやタンゴの、同好会への誘いが多数載っている。信じられない数だ。好きでやっているわけで何が悪いんだ、きっと彼らはそう言うだろう。

わたしはそういう真似事が嫌いだ。こういうことはもう書き飽きたが、真似事の横行はもちろんこの国の閉鎖性を象徴している。しかし、タンゴだってフラメンコだってコンガ・コンパルサだってカントリー&ウェスタンだってわれわれは好きでやっているのだからいいではないか、放っておいてくれ、と言われると、これまでは返す言葉がなかった。

だが、未来的な理念を創出するために常にエッジに立たなければいけないという前提があればどうだろうか。

ついでに言うが、理念というのは宗教マニュアルの類ではない。信じるに足る真実、のような静的な概念ではない。またすべての国家・民族に共通して有効な理念があるはずだという風には今は思わない。たとえば、外部を手に入れることは今のわたしにとっては大切なことだが、アメリカ合衆国という外部に隣接するキューバ人はそれが何のことかわからないだろう。

今のわたしにとっての理念とは、「境界」を探して、その中に身を置くことである。映画『KYOKO』の製作を通じてそのことがわかった。アメリカ人のスタッフの中に具体的に身を置かないとわからないことは多い。もちろん境界というのは国境だけではない。たとえば、わたしにとって女子高生とか分子細胞生物学とか幼児虐待とかサイバーワールドも外部であり、それを知るためには境界上に身を置くべく努力しなくてはならない。

キューバから帰ってきたばかりなので、変なことを書いているような気がする。ハバナからメキシコシティを経て、ロスに戻り、全日空の機内に入って日本のスポーツ新聞や雑誌を見ると、息が詰まりそうになった。何か狭い場所に突然押し込まれてしまったような感じだった。その窒息してしまうような閉塞感がまだ続いているから、うまく書けないし、何を書いても徒労感に囚われる。

きっとわたしは理念という言葉を使うべきではないのだ。それに理念の創出に自分が関わるかのような言動をすべきでもない。

女子高生の援助交際でも神戸の十四歳やナイフを持つ少年たちのことでも、新聞とかに何かを書くときにひどい徒労感を覚えるようになった。どうしてこんなことを自分が書いているのだろう、と思いながら書いていた。書いたことについてはエクスキューズしないが、自分が発言しなければいけないなどと思ったことは一度もない。なにか、この社会とひどいずれができてしまったような気がする。驚くべきことに、最近エッセイを書くのがいやではなくなった。

わたしは決して自らコンガ・コンパルサを演奏したりしない。キューバ人の音楽を自分のものだと考えたくない。それはキューバの文化を尊重したいというよりも、キューバと日本の境界に身を置いていたいからなのだが、たぶんわかってもらえないだろうと思う。

わたしたちとは価値観の違う日本人とは具体的にどういう人々であるかを規定し、その人間たちとわたしは違うということを日々明らかにしなくてはいけない。

パリから帰ってきた友人と話していて、フランスでは都市を巡る「郊外」が問題になっていることを聞いた。都市の周りに、ドーナツ状のスラムができて、主な居住者は移民たちだが、彼らも既に世代代わりしていて、ひどくなる一方の階級格差も手伝い、恐ろしく治安の悪い犯罪多発地帯になっているらしい。

つい最近その「郊外」で少年による猟銃の乱射事件が起きた、ということを聞いたすぐあとに、アメリカのアーカンソー州でも、同じような事件が起こった。CNNなどのニュースを見る限りでは、銃の規制以外の問題はあまり語られることがない。異常で悲しむべき事件であるがこれによって銃の規制をするのはおかしい、銃は道具であり問題はそれを使う人間の心の在り方である、などという規制反対の識者のコメントなどがあった。

現代のアメリカ合衆国に何か根元的な問題がある、などという意見はわたしの知る限りなかった。それは、少年とナイフを巡るこの国の報道と一見似ている。だが、アメリカは対立と他者の国だ。移民と多民族の国でもある。公平さという原則があって、コミュニケーションは自明のものとはなっていない。

だから日本と単純に比較するのは間違っているが、こういう事件が一件起きたくらいで銃の規制をするのはおかしい、という意見が言えるというのは健康的であると思った。

誤解しないで欲しいが、わたしは銃の規制に反対しているアメリカ人を支持しているわけではない。銃の規制に反対でも賛成でもない。よくわからない。アメリカの問題だから、アメリカ人同士で決めればよいことだと思っている。ただ、アメリカを旅行するときには常に危機感を持って行動するようにはしているが。

興味深いのは、今回の銃乱射事件がアメリカ人全体の問題としてはほとんど語られていないという点だ。非常に不幸ではあるが極めて特殊な事件である、という共通認識があり、だからと言って、これ以上こういう事件は起きないだろうという楽観論もない。それは常に内部に本質的な問題を抱えてきた国の対処の仕方なのだろうと思う。少年による銃乱射事件を、アメリカ人全体の文化的な問題にしてしまうと、確かにいろいろなことが曖昧になってしまう。

アメリカは多様性の国であり、抱える問題にも多様性があって「全体」のことを考えることはできない。メキシコからの不法入国者の急増と、WASPの証券マンの孤独と、デトロイトの黒人失業者による犯罪と、インターネット中毒による人々の孤立化などは、それぞれ別の文脈で語られるべきで、それらを統合するキーワードや、共通する文化的危機はない。日本はそうではない。官僚の腐敗から少年たちのナイフによる犯罪まで、病理の質が同じではないのかという奇妙な前提がある。わたしもそのような観点に立ち、「寂しい」というキーワードを用いて、いくつかエッセイを書いた。

だが、日本が抱える問題も、すべて病根が共通しているものとして語るには無理があるような気がしてきた。そもそも日本の病理を語る言葉にしても、それが自明のものだという前提は間違っているのではないかと思うようになった。

これまでこの連載エッセイの中でも、わたしは日本におけるある何かを指すときに、いろいろな表現をしてきた。

「わたしたち」「日本人」「この国の人々」「この国」そういった言葉である。

だが、当たり前のことだが、そういった言葉は非常に曖昧で、わたし自身を含むものか、わたし自身は除外されるのかがわかりにくい。

「日本・日本人は村社会をいまだに存続させていて、外部には基本的に無関心であり、すべてを内部だけで処理しようとする」

わたしがそういう文章を書くときに、わたし自身のポジションがよくわからない。ずっと気になりながら、わたしは「この国」という表現をしてきた。

「今わたしがこの国に生きる子供だったら、想像力の暴走を阻止する希望を見付けるのは極めてむずかしいと思う。」（『寂しい国の殺人』）

「今わたしが日本に生きる子供だったら」とは、書かなかった。「寂しい国の殺人」は英訳されているが、上記の「この国」はもちろんＪＡＰＡＮと訳されている。

わたしはどうして「日本」という書き方をしたくなかったのだろうか。日本人の批判をするときに「わたしたち」という言い方に抵抗があるのはなぜだろうか。

「日本人は日本の内部だけで充足している」というとき、わたしは自分を除外している。そのときの「日本人」にはわたし自身は含まれていない。それは、わたしは日本人ではないということではもちろんないし、日本人的なものからわたしが自由であるということでもない。日本人であることをやめたいということでもない。日本人という言葉が象徴するある何かに対して拒否感を示したいだけなのだ。

たとえば、アメリカで銃の規制に賛成する人々は、反対する人たちのことをきっと「彼ら」と呼び、「わたしたち」と自分たちのことを言うだろう。

ところがわたしは、日本人の中で、わたしとは明確に違う価値観で生きている人々のことを、指し示す言葉を持っていない。

「日本人の中の旧態依然とした価値観で生きている人々」というような恐ろしく煩雑な書き方をしなくてはいけない。

また「旧態依然とした価値観」とは具体的にどういうものか、いまだ明らかにも、一般的にもなっていない。誰もが何となくわかったような気になっているだけだ。

だがもちろん「日本人」や「この国では」という言い方に代わる言葉を探してもしょうがない。

わたしの読者が運営するインターネットのページに「掲示板」というコーナーがあって、そこにはさまざまな人がさまざまな話題で自由に書き込むことができる。

だいぶ前のことだが、わたしが書き込んだ際に、「あなたが『この国』というとき『あの国』はあるのか」という返事があった。その返事を書いたのは長くアメリカに住んでいた人で、彼が感じた違和感がわたしにはよくわかった。

また、その掲示板には、日本及び日本人批判が多く寄せられる。

あるとき、「そんなに日本がいやなら、好きな国へ行ってしまえばいいではないか」という日本批判への批判が書き込まれていた。その日本批判への批判は何ら根拠のないものだったが、奇妙な説得力を持っていた。日本という国は特定の誰かの所有物ではないから、いやなら出て行けという言い方はまったく不当なものである、にも拘わらず、奇妙な説得力があったのだ。

「お前、そんなにこの高校がいやなら、転校しろよ」

約二十年前、通っていた高校を批判していたわたしは教師や他の生徒から数え切れないほどそういう台詞を言われた。

日本、及び日本人という言い方には、ある集団を表すというだけではなく、既にあらかじめ「均一性」が含まれている。「ドイツ人」や「キューバ人」や「アメリカ人」にはない、独特の均一性である。そしてそのような均一性はいまだに機能しているのだ。

当然のことだが、均一性は言葉にではなくわたしたちの意識の中にある。わたしたちには、いまだに全体を見ようとする傾向が、全体を見ることができるという刷り込まれた幻想が残っている。援助交際という言葉と、伝え聞くその実態に基づいて、わたしたちは女子高生を全体として均一に眺めてしまう。

わたしは、銃規制反対論者と賛成論者のような明確さで、「彼ら」を、「日本人の中の旧態依然とした価値観で生きている人々」を規定しなければいけない。左翼と右翼、保守と革新、旧世代と新世代といったような言葉では「彼ら」を規定できない。

わたしたちとは価値観の違う日本人とは具体的にどういう人々であるかを規定し、その人間たちとわたしは違うということを日々明らかにしなくてはいけない。そういう作業が数十年続けば、日本人という言葉から均一性が消え正統的な批判が成立するときが来るかも知れない。

もちろん日本人という言葉に寄与したくてそういう作業をするわけではない。生き延びていくために、「彼ら」と「わたし」を区別しておきたいからだ。

「切れる」という少年たちの「隠語」をメディアを含めた大人の社会がそのまま借用しているあいだは、試行錯誤さえできない。

社会的現象というのは本来予測も説明も付かない。これまでそれが予測可能なものであるような錯覚があったのは、社会全体に強固なひとつのモチベーションがあったからだ。そのモチベーションが機能していないという状況は今や誰の目にも明らかになっていて、わたしはそのことを近代化の終焉と言ったが、別の言い方もある。ある人は、「過渡的近代と成熟社会」という風に区別し、ある人は「産業化の終焉と真の近代化の始まり」という風に表現している。

確かに近代化の終焉と言ってしまうと、何か大切なことが達成されたというニュアンスが強くなって、いまだ日本を被っている前近代性が見えにくくなるかも知れない。

自分がどうして近代化の終焉という表現を使ったのか思い出してみると、とにかく何かが終わったということを強調した方がいいと感じたからだった。もちろん、何かが終わったという表現にわたしはこだわらない。名称はどうでもいいような気がする。

ただ最近、インタビュー記事などで、取材した記者にまとめをまかせてしまって、内容が違ったものになってしまうことが多い。去年くらいからだろうか、神戸の十四歳や女子高生の援助交際などでインタビューを受け、そのゲラを見て啞然とすることが増えた。昔からそうだったが、わたしはむずかしいことはあまり言わない。

インタビューでは、なるべく誤解がないようにできるだけ簡単な言葉を使うようにしている。インタビュアーはたいてい納得して、不明な点への質問もなく、なるほどそうだったんですか、といった感じで取材は終わる。インタビュアーがわたしの発言を誤解しているわけではない。インタビュアーはたいてい予定原稿枚数より多めに話を聞きたがる。面白いところを自分なりに編集してまとめようと思っているのだ。

出来上がってファックスされてきたゲラを見て、わたしは驚くことになる。ファックスには、来週の火曜日までに直しをお願いします、というような但し書きが添えられている。援助交際や少年の問題のようなデリケートなテーマの場合、全文の書き直しを要求することが多かった。予定枚数よりはるかに多くしゃべっていて、それをインタビュアーの言葉で「翻訳」してあるので、違うものになってしまっているのだ。それは奇妙な体験で、これまでのインタビューではなかったことだった。確かに内容はわたしが喋ったことなのだが、助詞の使い方、文章の省略の仕方、わたしが使っていない慣用句の使用、などが微妙に異なることで、全体がまったく違うものになってしまうのである。

援助交際や少年犯罪というデリケートな問題だけに見られる現象でもないことがしだいにわかってきた。

今年の正月にある地方紙でやった著名な遺伝子学者との対談で、そのことがはっきりした。その対談自体は、わたしがこの数年来、分子細胞生物学に魅せられていることもあって、非常に楽しく刺激的なものだった。だが、送られてきた対談の原稿は「直しようがないもの」の典型だった。

……『ヒュウガ・ウイルス』という作品を書くときにさまざまな参考文献を読んだが、日本人が書いた入門書の類はまったく使いものにならなかった。日本の入門書はわかりやすくしかも正確に書かれたものがまったくなく、学びたければ苦役に耐えろというような難解なものか、あるいは漫画で擬人的に説明されているもののどっちかだった。アメリカの理数系教養課程の学生が使う教科書を使うことにして、その千ページを優に越える大冊を三ヶ月かけて読み終えたときに、初めてウイルスが目に見える存在として実感できるような気がした……。と、わたしはそういうことを対談で言った。

原稿では、「教科書を三ヶ月かけて読んだあと、ウイルスをイメージできた」という風になっていた。もちろん、間違っているわけではない。だが抜け落ちていることがある。まとめた人間は、「教科書を三ヶ月かけて読んだ」という箇所が印象に残ったのだ。それは、「ただ難解なだけで単に苦役を強いるもの」である日本の入門書と同じく、コミュニケーションの自明性に支えられた「錯覚」になってしまっている。

原稿をまとめた記者は、わたしが「三ヶ月かけて読んだ教科書」がアメリカのものだろうが日本のものだろうがどっちでもよかったのだ。三ヶ月かけて参考文献を読んだ後に初めて小説を書き始める、という「物語」を重視した。

同じように、「目に見えるものとしてウイルスを実感する」ことと「ウイルスをイメージする」ことは違う。

記者は、「目に見えるものとしてウイルスを実感する」ことを「理解したつもり」になって原稿をまとめている。そういうような「理解」が全体に及ぶと、原稿は非常に奇妙なものになってしまう。わたしが言ったことを理解することと、それを一般化してさらに他人に伝えることはまた別の作業であるはずなのに、記者の中では一体化している。自分は理解しているのだからそれを他人に伝えることにおいて問題はない、彼はそう思っている。

こういった問題は本当に面倒だ。彼らは批判されても、何が問題になっているのかわからない。年寄りだけに見られる特徴ではもちろんないようだ。

家庭内暴力の息子を金属バットで殴り殺した父親の実刑が確定した。

その父親は全共闘の世代で、社会科学系の出版社に長く勤めていたそうだ。

公判記録をすべて読んだわけではないので正確なことはわからないが、判決も、そのあとの識者の意見というものも例によって曖昧だった。同情できる状況だったとはいえ他の選択肢を探る努力が充分だったとは言えない。おおまかだが、そういう理由での実刑判決だったように思う。

最近家庭内暴力に限っては減少の傾向にあり、代わって不登校と引きこもりが増えているらしいが、この金属バット撲殺事件は、やりきれない、救いがないという意味で象徴的なものだったはずだ。

家庭内暴力はある日突然に始まることが多いらしい。家庭内で両親や祖父母や兄妹に暴力を振るう子どもが、外で他人を傷つけた、殺したという話はほとんど聞かない。それは家族への甘えだという説もあるようだが本当のところはわからない。骨が折れるほどの、致命傷になりかねないほどの暴力を振るう息子に対してどう対処すればいいのか、どこにもマニュアルはない。

地域社会に救いを求める、などということをテレビで喋っていた識者もいた。地域社会というのは、何を指すのだろうか。お隣さんだろうか、それとも町内会みたいなものだろうか。

突然に開始されるという家庭内暴力は、やはり子どもが自制する能力を失うときに始まるのだろう。

ナイフを振るう少年たちは、「キレる」「切れる」という表現をする。「どうして？　すぐに切れる少年たち」という風に、メディアも識者もその表現をそのまま使う。切れるということがどういうことか、誰もが何となくわかっているような感じだ。理解したつもりになっている。怒る、というわけではないし、狂うというニュアンスでもない。激怒して理性がなくなる、というようなことだろう。アドレナリンが分泌されて、闘争と逃亡を身体が準備する。

「むかついて切れる」と少年たちが呼ぶ精神的な機序を、大人達が「表現」できなければ彼らに対処することは本当はできない。少年法の改正という問題も含めて、どうやって少年たちの暴力をなくしていくのか、そんなことは誰にもわからない。資金を準備し、試行錯誤を繰り返し、ノウハウを蓄積していくしかないだろう。

今のところ、飛び交っているのは「人権」などという、曖昧な言葉だけだが、「切れる」という少年たちの「隠語」をメディアを含めた大人の社会がそのまま借用しているあいだは、試行錯誤さえできないだろうと思う。

サッカー以外の時間を充実させたいと中田英寿は言ったそうだ。正しいことを言う人だなと思う。

この原稿が活字になる頃には、サッカー日本代表のワールドカップでの結果もある程度出ているだろう。まったくダメかも知れないし、善戦するかも知れないし、あるいは旋風を巻き起こしているかも知れない。どうなるのかは誰にもわからない。

サッカーでは何が起こるかわからない。アトランタオリンピックでの日本代表のブラジル戦の勝利がその典型だが、極端にゴールが生まれにくい競技なので、弱小チームにも必ずチャンスがある。

バスケットボールのようなハイスコアのゲームでは、日本代表がドリームチームや全米学生選抜と試合すると一万回やっても一度も勝てない。ラグビーだってオールブラックスや南ア代表には絶対に勝つことがない。ノーチャンスだ。

だがサッカーは違う。だからサッカーは階級社会であるヨーロッパや貧富の差が激しい中南米で人気がある。弱者が夢を見ることができるわけだ。

日本ではサッカーは本当は人気がない。野球や相撲に比べれば、本当のサッカー好きは少ない。ワールドカップという世界性のあるイベントが話題になっているだけだ。

アジア最終予選が波乱に富んだ物語になってしまったために、話題性が高まった。ワールドカップの合間に行なわれているJリーグのナビスコカップは観客がほとんどいない競技場で行なわれていて、かなり悲惨だ。

サッカーに関するエッセイや対談の依頼がこの数ヶ月で数十件あった。異常だ。サッカーについて喋ったり書いたりできる人間が少ないせいもある。文章が書けて、有名人で、サッカーに詳しい、となるとわたし以外には日比野克彦くらいしかいないのではないか。加えてわたしは中田英寿と親しい。エッセイや対談の依頼が殺到するのも当然だと思う。まさか誤解する人はいないと思うが、わたしは自慢したいわけではない。

サッカー好きの有名人がいないということは、サッカーがポピュラーではないということの証拠だ。野球だったらエッセイが書ける作家がたくさんいるし、相撲だったら横綱審議会に必ず作家が名を連ねている。

サッカーというのは不思議なスポーツで、一度はまってしまうとカタルシスを求めてサッカー以外に興味を持てなくなってしまうし、サッカー以外はどうでもよくなってしまう。実はそれほどサッカーを見ることには深い快楽が潜んでいるのだ。

それはサッカーは有機的なスポーツだからで、野球などと違ってポジションが固定されていないためである。

野球はわかりやすい。野球におけるフォーメーションとカバリングは外野に飛んだ打球の連係プレイと内野のバント処理くらいだろう。ファースト前のバント処理ではピッチャーがファーストベースのカバーに入るし、ランナーが二塁にいる場合のサード前のバントではショートストップがサードベースのカバーに入ることになっている。それだけのカバリングでも各プロ球団は春のキャンプで綿密な練習を行なう。

そういった野球のカバリングはサッカーに比べると、恐ろしく単純だ。

また野球のリーグ戦では基本的に一週間に五試合が組まれる。サッカーは普通一週間に一試合である。Jリーグは二試合だが、わたしにはその理由がよくわからない。

サッカーは野球に比べると体力の消耗度が格段に高い。野球を見ていると、常時動いているのはピッチャーとキャッチャーとバッターだけだ。あとはじっとしている。レフトとライトが自然に入れ替わるということもない。サードがファーストまで走ることはないし、打ったバッターが突然三塁方向に走り出すこともない。

テレビではなくスタジアムでサッカーを見ると、フィールド全体が見渡せて、ボールを持っていない選手がいかにめまぐるしくポジションを変え、カバリングのために動いているかがよくわかる。その動きの魅力に気づいてしまうと、野球が静止画のように退屈に思えてしまうこともある。

サッカーでは状況に応じて、フォワードもミッドフィールダーもバックスもポジションを変え、必ず誰かがその動きをカバーする。カバリングができていないチームは必ず危険な局面を迎えることになる。ゴールキーパーを除く十人の選手が、ポジションチェンジとカバリングを休みなく繰り返すわけだから、当然運動量も非常に多い。一週間に五試合もできるわけがない。

サッカーはまったくゴールがない場合がある。それがアメリカ合衆国で人気がない理由だ。アメリカ人は単純だからわかりやすい形でスペクタクルが表現されないと欲求不満になってしまう。ハリウッドの映画もバスケットボールもアメリカンフットボールもブロードウェーのミュージカルも最低でも五分に一回の見せ場が用意されている。

サッカーのゲームは歴史や物語のようなものに支えられて成立している。だがそれは各選手の生い立ちやそのチームの沿革などではもちろんないし、イギリスとオランダのようなファン同士の争いの因縁の歴史を指すわけでもない。

前に書いたのでこの言い回しは繰り返したくないのだが、サッカーにおいてゴールは常に奇跡だ。その奇跡は、ある選手の突出したプレーやあるいは信じられないようなミスやまた神が演出したとしか思えないような偶然によって生まれる。だからサッカーを見る人は奇跡を見に行くのだ。奇跡の成立過程を見ると言ってもいい。奇跡の成立する過程が、歴史であり物語なのである。

それは非常に論理的であって、しかも論理を越えたものでもある。整然と準備されたカオス、のようなものだ。そんなものを一般的な日本人が好きになるわけがない。日本人が大好きなのは共通認識で、それは世界金融市場の圧力で少しずつ変わりつつあるが、もちろん急になくなるわけがない。

サッカーをまともに見なかった時期がある。小説家としてデビューしてから九〇年のイタリア大会まで、ワールドカップもあまり見なかった。サッカーを見る余裕がなかったということもできるかも知れない。

サッカーを好きな自分を確認したくなかったとでも言えばいいのだろうか。他に興味のあることが増えたのも事実だが、ただ見るだけならテニスよりもサッカーのほうが好きだったし、もちろん今もそうだ。一九八六年のメキシコ大会のとき、わたしはウィンブルドンでテニスを見ていた。マラドーナが活躍した大会だったが、興味がなかったわけではない。今だったらメキシコに行っただろう。

サッカーはずっとわたしの内部にあった。作家になってしまって、わたしは内部を抱え続けるのが不安だったのだと思う。サッカーが好きな自分を無視したかった。別な自分を探したかったわけではない。自分探しの旅なんかクソだ。作家になって、それまでの自分が好きな対象に囲まれているのがいやだった。他にやらなければいけないこと、知らなければいけないこと、そういうことがたくさんあった。サッカーに逃避するような感じがいやだったのかも知れない。サッカーにはそういう魅力がある。

金も満足な家も贅沢な食い物も何もないがサッカーさえあれば楽しい、ヨーロッパや中南米の貧困者層はそう思っている。だからわたしはサッカーから離れてテニスやF1を見物したのだが、読者のみなさんにはわかってもらえないかも知れない。

今回のフランス大会だって四回戦が終わったところで帰ってくる。準々決勝からは現地の付加価値を楽しめない。食事やホテルを我慢して、サッカー一筋にならなくてはいけない。だから日本でテレビで見る。全然理屈にあってないような気がする。たぶん誰もわかってくれないだろう。

サッカーが大好きだからこそ、たとえ短時間でもサッカーだけの人生がいやなのだ。

サッカー以外の時間を充実させたいと中田英寿は言ったそうだ。正しいことを言う人だなと思う。

サッカーが好きな自分を自明のものにしたくないというか、サッカーを常に魅力のある外サッカー以外の時間を充実させたいと中田英寿は言ったそうだ。
正しいことを言う人だなと思う。

部にしたいから、わたしは準々決勝や準決勝や決勝を現地で見ないで帰ってくるのだが……、わかりにくいだろうな。

外の世界で惨敗してきた人間が帰国して号泣して許しを乞う、そういう光景はもう一切見たくない。

本日フランスから帰ってきました。

フランスへ何をしに行っていたかというと、サッカーのワールドカップを見ていたわけだが、その他にもシャトーホテルに泊まって非常においしいものを食べ非常においしいワインを飲んできた。すごいホテルにいくつも泊まったし、ふだんあまり行くことのないフランスの田舎の風景を見てきた。

海外にそれなりの期間滞在して、日本のメディアと連絡を絶っていると、何かに気づくことができる。フランスでは日本の新聞も雑誌ももちろんテレビもまったく見ることはなかった。帰りの飛行機の中で、久しぶりに日本のメディア刊行物に目を通すわけだが、いつものことながら違和感を感じる。

はっきり言って、異常だ。ワールドカップでの日本代表の報道について言えば、サッカーを知っている人がほとんどいないのだから奇妙なのはしょうがない。日本は予選リーグで全敗したわけだが、そのことが何を意味するのか、ほとんどの雑誌・新聞が理解していなかったが、それはしょうがない。

簡単に言えば、日本はもともとあの程度のチームで、岡田監督はあの程度の監督で、予選リーグ全敗は予想できたことだった。選手たちは、とりあえず限界まで戦ったと思う。

奇妙なのは、現在の日本を被う深刻な金融不安に対する各雑誌の記事の作り方だった。ダメ銀行は全部潰せ、このままでは米国の日本再占領だ、こんなものでいいのか自民党の日本経済再建案、そういった感じだった。子供がだだをこねているような感じがする。

前にも書いたが、メディアにビジョンがないために他人事のように読めてしまう。英語に訳したら、もっとわけのわからないことになってしまう。誰が誰のことを批判しているのかさっぱりわからないような書き方なのだ。

どうして子供がだだをこねているような記事の作り方になってしまうのだろうか？　子供は家庭の中で基本的に保護を受けていて、家庭に何かトラブルが発生した場合でも対策を考えたり解決策を実行していくことはできない。とにかく現状には不満があり、何とかしてくれと訴えるだけだ。不満を訴えることは子供に関する限り恥ではない。

わたしが連載している女性誌が機内にあったので、初めて目を通したのだが、これも異常だった。二十代前半だと思われる若いモデルか女優がエルメスのシャツやセーターを着てバッグを持ってグラビアで十数カットもポーズをとっている。女性誌はまったく見る機会がないが、どれも似たようなものなのだろう。

エルメスのバッグは数十万もするもので、シャツでも十万近くするものだった。そういうシャツを着てそういうバッグを持つことが素晴らしいことだとその雑誌は主張していることになる。それ以外にはあまり素晴らしいことはないのだ、と。ブランド品は高いが製品としては優れているものも多い。だが、貯金をしてそういうブランドものを買うのはバカがやることだと誰かが言わなくてはいけない。こういう製品は素晴らしいとされていますが人生はブランド品だけではありません、と誰も指摘できないから女子高生はからだを売ってそれらのブランド品を買うのだ。

それなのに、どうして女子高生は援助交際なんかするのでしょう、とまじめな顔でテレビで喋っている人たちがいる。そういう雑誌が無数にあってそれ以外の価値観がないから女子高生は援助交際をするのだ。

エルメスのシャツを着てエルメスのバッグを持った女のグラビアに、こんなバカな女にならないようにしましょう、というコピーがあるような社会だったら、女子高生は援助交際を止めるだろう、というようなことも昔からこの連載エッセイで言ってきたことだが、機内で女性誌を見て改めて驚いたので、繰り返し書いたわけです。

この雑誌で女性誌批判をしてもあまり意味はなさそうなので、おじさん向けの週刊誌が政府を批判するとき子供がだだをこねているような感じがするという話題に戻ろう。

日本は子供のようにだだをこねることが好まれるという不思議な国だ。

ワールドカップの日本代表の応援団はすごかった。あれはサポーターではないような気がする。あれでサポートできているのかどうかわたしにはわからないが、相手チームが気持ち悪くなってプレイに支障が出る可能性もあるので立派なサポーターだという意見もあった。

日本の応援団は、九十分間ずっと声を揃えて応援する。しかもリーダーによって統制されている。他の国のサポーターも声を揃えて応援することがあるが、リーダーはいないし自然発生的なものだ。日本の応援団はのべつまくなしに声を出すから、本当にピンチになったときに効かない。

ただ相手チームは気味が悪かっただろうと思う。のべつまくなしに声を出し続けている応援団など世界中探してもいないからだ。わたしはサッカーの応援団であれなんであれ統制されたものが嫌いだから、少し恐かった。

それで、その日本の応援団のレパートリーの中に、「日本のゴールが見たーい、見たーい、見たーい」というのがあって、わたしは気分が悪くなってきたのである。

見たーい、という甘えは子供のものだ。見たかったら大人は何とかしなくてはいけない。

見ることを実現させるために何とかするはずだ。応援団は自分でボールを蹴ることができないから、ピッチ上の選手たちにそのことを託す。託しているわけだから、見たかったら信じてじっと待つしかないのに、日本の応援団は、見たーい、見たーい、と子供のように甘えるのだ。

そういうことは本来非常に気味が悪く異常で恥ずかしいことなのだが、日本では好感が持たれる場合がある。

泣くという行為も子供によく見られるものだ。山一証券の社長が自己破産時の記者会見で大泣きしたのも印象に新しい。ワールドカップでも、惨敗したジャマイカ戦のあとに号泣した選手は世間的に許され、終始クールだった選手は非難されたらしい。

ごめんなさいと言って子供は泣く。それは許しを乞う方法が泣くこと以外にわからないからだ。それを見た親は可哀想になって、あるいは自分の叱責が充分に効果を上げたと判断して子供を許す。そういうことは親和的な家庭の中だけで有効なはずなのに、日本では罪を犯したものに対し、泣いて甘えることを社会全体が要求する。何らかの罪を犯したものは、世間に対し、泣いて謝らなければいけないのである。

世界金融市場が日本に要求しているのは、自由化だけではない。もちろん要求をすべて受け入れる必要はないのだが、どの要求に対してどのような対応をすればいいのか誰もわかっていないから、結局、なし崩し的にすべての要求を呑むしかないのだろう。ただし、世界金融市場からの要求の中には受け入れるべきものもある。

個人の責任の明確化、というのもその一つだろうと思う。法的な成人としての個人的な責任を明確にすること、もちろんその中には「無知」という罪が含まれる。

わたしは何も知らなかったんですう、社員には何の罪もないんですう、と号泣してもダメだということだ。

社会が個人の責任を明確化するような強制力を持てない限り、たとえば不良債権の問題は解決しない。不良債権の問題に政治家や官僚が誰も本気で着手しようとしないのは、責任問題が自分に及ぶからである。個人の責任という概念が定着すれば、自己申告した場合に限り免責するというシステムも機能する。

外の世界で惨敗してきた人間が帰国して号泣して許しを乞う、そういう光景はもう一切見たくない。

アフガニスタンとの国境に近いパキスタンの北西辺境州でわたしが感じたものは心地よい郷愁だった。

新しい小説のために、パキスタンの北西辺境州とアフガニスタン関係の資料を読んでいる。五月には、カイバル峠まで行った。そう言えば、そのことはこの連載には書かなかった。どうしてかな？　きっと何かが拡散するような気がしたのかも知れない。まだ準備中の映画や小説について語るのはよくない。そんなことをしても何にもならないばかりか、悪影響がある。準備中の作品のアイデアなどを披露することで、少しでも満足してしまったら、実際に作っていくときの集中力が減ってしまう。

それなのに、たとえばインタビューなどでは最後に必ず聞かれる。

「次に準備されているお仕事のことを話して下さい」

話せません、と言うとびっくりされてしまう。インタビューの異常さについては前にも書いたが、本当に異常だ。

「この小説を書かれたきっかけを聞かせて下さい」

（生活のためだ、お前だってこのインタビューでギャラもらうんだろうが）

「取材で女子高生に会われてみていかがでしたか？」

（簡単に言えるか、バカ！）

「この本でどういったことを言いたかったのですか？」

（言いたいことなんかないんだよ）

「どういう人たちに読んで欲しいですか？」

（金出して買ってくれる人だったら誰でもいいに決まってるじゃないか）

そして最後に、「次のお仕事の予定は？」という質問になるわけだが、言いたくない、と答えると、インタビュアーは困ったという顔をする。

インタビュアーは、代表として、インタビューをしにきている。何の代表か？「世間」の代表だ。「個人」としては来てないから、自分の質問というものができない。ただ確認に来ているだけだ。仲間内の「世間」の代表だから、次のお仕事をそっと教えて、ということになり、次も楽しみですね、という風にして終わる。決して仲間内に不安を与えてはいけないのだ。

パキスタン辺境州からカイバル峠にかけての景色は、何というか、すごいものだった。苛烈な土地という形容がぴったりだが、岩肌を山羊や牛を連れて歩いている部族の少年とかを見ると、奇妙な安心感を感じた。

それは、近代に毒されていない昔ながらの生活がそこにあるとか、日本が失った牧歌的な暮らしを垣間見るといったものではない。言葉にするとそういうことだが、日本語は今腐ってきているので、そういう風に書いた瞬間に何も伝わらなくなってしまう。もちろん言葉は記号だから、正確に言うと、腐っているのは言葉ではなく日本語を使用する側なのだ。

カイバル峠の風景にわたしが感動したのは、いくつかの理由があると思うのだが、そんなことを全部書いたら小説を書かなくてもよくなってしまう。

パキスタンなどに行くと、国家という概念についても考える。わたしたちはとりあえず国家という概念を持っているわけだが、それは実は簡単に得られるものではない。日本は多民族国家ではないので、国民が一体感を得るという点に関しては他の国ほどむずかしくはなかったかも知れない。

国家の概念を国民が持つための、最も効率的な方法は戦争である。また、その概念を持つことを阻害するのは内乱だと思う。江戸時代の一般的な人々が日本という国家の概念を持っていたかどうかわたしにはわからない。明治になって、西洋列強の中国への進出を見て、日本は国家意識の育成を帝国主義を模倣することで図ることになるのだが、国際化という点で他の選択肢はなかったのかも知れない。日本は一挙に歴史を消化し始めたのだ。

明治以来の帝国主義政策は確かに近隣諸国に迷惑をかけた。歴史的な悪というものは世界中どこにでも転がっているが、だからといって日本が免罪されるものではないだろう。

犠牲にした国や民衆に対しては、謝罪も必要だと思う。だが、近代化を進める際に、他にどのような選択肢があったのかまったく検証されていない。一九三〇年代の不況を、戦争を仕掛けることなくどうやって克服すればよかったのか。

金融デフレというものは私たちの想像を絶して恐ろしいもので、たとえば前世紀のイギリスで起こったデフレは第一次世界大戦まで続き、一九二九年の世界恐慌以来のアメリカのデフレは第二次大戦まで続いたのである。

今この国には、侵略戦争をアジア諸国に対して謝罪すべきだという考え方と、謝罪だけでは日本人の誇りが失われるという二つの考え方があるようだ。侵略戦争以外にどのような解決策があったのか、という議論があるのかどうかわたしは知らない。

デフレ・スパイラルが囁かれる現在、そういった議論は有効だと思うのだが、わたしが知る限り主だった議論は戦後に関して行なわれているようだ。

太平洋戦争が愚行だったということは小学生の頃からいやというほど教えられてきた。最低の愚行だったという考え方に異論があるわけではないが、それでは他にどのようなやり方があったのか、歴史・政治・社会学者は検討して欲しい。

各部族・民族間、宗教・宗派間でテロや武力衝突が繰り返され内乱状態になっているような国では、国家としての一体感を持つのはほとんど無理だ。それに加え、アフガニスタンやカンボジア、ベトナムのように、大国の代理戦争の現場になったところでは、さまざまな党派によって利害と思惑が錯綜し、国家として安定するのは非常にむずかしい。

そういった国に長く住んで現地で働く人の著作を読むと、援助という美しい言葉の内実もわかる。医療というもっとも基本的で重要な援助にしても、医薬品などは略奪や横領の対象となり、無秩序が全体を被う極端に貧しい国では、本当に必要なところまで届かない例が多いようだ。

先月カンボジアで選挙があり、日本人スタッフを含めた国際監視団という組織のことがよく報道されていた。テレビのニュースなどでは、投票所を視察する日本人スタッフの様子などが紹介されていた。もちろんテレビのニュースなどでは実態は何もわからない。無駄なことをするなと監視団を揶揄しているわけではない。

だが、監視団に監視されて行なう選挙というものはいったい何なのだろう。監視が必要な選挙を行なう国は異常だ。選挙後、その国は正常に戻るのだろうか。不正がないか監視しなくてはいけないような国で、選挙というものはやはり有効なのだろうか。選挙後も監視を続けるのだろうか。また、選挙に象徴される民主主義はあらゆる国にフィットするのだろうか。

アフガニスタンとの国境に近いパキスタンの北西辺境州でわたしが感じたものは心地よい郷愁だった。遊牧民たちは数世紀前とほとんど変わらない暮らしをして、牛や山羊をつれて険しい岩肌を移動しながら川まで水を与えに行き、手焼き煉瓦の家からは竈の煙が立ち昇っていた。近代以前の風景であり、またアジアの共同体の原型ともいうべき光景だった。

日本においてはすでに失われてしまったものを見ているという、感傷がわたしにあったのは確かだ。しかし、それだけではなかった。近代化によって失われたものへの郷愁は、現代の日本には掃いて捨てるほど溢れている。昔はよかった、という思いだ。そしてもちろん、昔には戻ることはできない。戻ることはできないから感傷が生まれる。

昔の、近代化以前の時代の中に見直す部分はまったくないのだろうか。

他のアジアやアフリカの第三世界の国では、近代化によるアイデンティティの喪失が問題になっている。ビッグバンを間近にした日本ではほとんどそういう論議を聞かない。日本の良い部分を残しつつ、というような訳の分からないことを言う人も多い。近代化及び金融のグローバリゼーションといったものは、「良い部分」などという曖昧なものは簡単に呑み込んでしまう。

大事なのは、良い部分などという曖昧なものでなく、それがないと生き延びることができないという、何かだ。その何かは、日本の近代化の途上に果たして存在したのかどうか、戦争と戦後の経済の発展の途上でそれがどうなったのか、変質したのか、消滅したのか、昇華されたのか、誰も検証しているようには見えない。

みんな恐慌は悪だと言う。本当にそうなのだろうか？

またこの連載が本になります。『すべての男は消耗品である。』の『Ｖｏｌ．５』というわけです。時期としては映画『ＫＹＯＫＯ』の編集・完成から公開の頃から現在までということになる。九五年の秋から、ほぼ三年間の記録ということもできる。最初のほうでは、アメリカでの撮影が懐しい、とかそういうことを書いている。きっと本当に懐しかったのだろう。

この三年間にわたしはどのくらいの仕事をしたのだろうか。作品でいうと、『ヒュウガ・ウイルス』と『ラブ&ポップ』『オーディション』と『イン ザ・ミソスープ』、まだ単行本化していないけど、『タナトス』という『エクスタシー』三部作の最後を完成させたし、『白鳥』という短編集を出して、『寂しい国の殺人』と『バイオティック・レイアード』というふたつのCG集もこの時期に出て、ごく最近では、『ライン』を上梓した。坂本龍一の協力を得て「ｔｏｋｙｏ　ＤＥＣＡＤＥＮＣＥ」という有料サイトをインターネット上で作った。

あ、忘れていた。『自選小説集』の前期の四巻も出た。ちなみに『自選小説集』は来年の初めに中期の四巻が出ます。

うーん、かなり書いてるな、と三年間を振り返るとしみじみ思う、というのは嘘で、今とりかかっている小説のことしか考えていない。

『希望の国のエクソダス』というタイトルの小説を『文藝春秋』本誌に九月から連載する。中学生の集団不登校と国際金融戦争がモチーフの全体的な小説になるので、日々その取材と資料集めをやっている。考えてみれば、『文藝春秋』本誌に連載するのは初めてだ。保守的なおじさん向けの雑誌だし、これまでほとんど書く機会がなかった。だからアウェーに試合をしに行くような気分です。でも、敵地だからといって、引き分け狙いではなく、勝つつもりで書くけど。

今、外は大雨が降っている。台風四号が近づいていて、各地で洪水や浸水の被害が起きているようだ。こういう低気圧のときにはわたしのからだと頭は非常にだるくなる。何もしたくなくなる。今、裸の女が目の前に現れても、あっちに行けというだろう。

しかし文章だけは書けるし、きっと今現場にいたら映画は撮れるだろうと思う。だからどうしたと言うんだ、と言われると困る。別に大したことを言っているわけではない。単なる事実だ。どんなに疲れていてもできる、それがその人の仕事だと、そういう当たり前のことです。

話題が変わるが、日本長期信用銀行に公的資金が使われるようだ。公的資金という言葉がどうして必要なのか、まずわたしにはわからない。どうして税金と言ってはいけないのだろうか。政府の財源は基本的に税金だ。国債を売ることもできるが、それは償還期限が来たら買い戻す債権であって、その財源は、国有会社がほとんどなくなった今とりあえずは税金しかない。

八月十五日になると、戦没者慰霊という式典が各地で行なわれる。いったい誰が「戦没者」みたいな言葉を作るのだろうか。戦死者とどう違うのか。たぶん意味はまったく同じはずだ。そういった例は「従軍慰安婦」や「援助交際」など数限りがない。誰かが、何かをごまかそうとしてそういう言葉を作るのだろうが、そのことは理解できる。何かをごまかそうとする人はいつの時代にもいるものだ。だが、そういう言葉について、おかしいと指摘する人がいない。メディアが指摘するべきだが、しない。戦死者のことを戦没者と呼ぶ、と国会が法律で定めたわけではないのにメディアは何の抵抗もしない。わたしはメディアを批判しているわけではない。象徴的だなと思うだけだ。

長銀の救済策を巡って「腐れ銀行にまたも血税が」とか「曖昧な救済を許すな」とかメディアはそういう記事を繰り返し作っている。長銀の経営陣の失態を挙げ、糾弾する。なぜもっと前にそういうことをやらなかったのだろうと思う。どうして長銀が救済されると決まりそうなときに、そういうキャンペーンを一斉に始めるのだろうか。

たぶん外国から見ると、みんな同じに見えるだろう。政府も官庁も企業もメディアも同質に見えるに違いない。批判するメディアにも代案がないからだ。ビジョンがないから、子どもが騒いでいるのと同じになってしまう。しつこいようだが、メディアを批判したわけではない。批判するメディアも同質、という点が象徴的だと思うだけだ。日本は、同質の円環に収まった国なのだ。その円環の中にいる限り、同質だということにも気づかない。

当たり前のことだが、世界は同質ではない。イスラムとアメリカを比べるまでもなく、アメリカ合衆国という一つの国の中にも異質なものが混在している。インドや中国には何百という違う言葉がある。

同質性を利用して日本は近代化を達成したと言ってもいいだろう。同質性は効率的である。異質な集団に対してわかりやすい説明をする必要がない。基本的には批判勢力も存在しない。現在その同質性は、これまでのような機能を果たしているのだろうか。

たとえば、「二十一世紀のビジョン」と言うとき、わたしたちは何となく何かある概念のようなものを共有している。それは何となく全体的で、それに従っていさえすれば何となく居心地がよくて、それはどこかにあらかじめ準備されているような、そういうニュアンスがある。

希望や理念といった言葉についても同様で、それはどこかにあらかじめあるものだと誰もが何となく思っている。それは日本独特の同質性によるものだと思う。

その同質性は他の国の文化に対して同じように作用する。カントリーミュージックをやったり、フラメンコをやったり、サルサをやったりすることに、日本人は抵抗がない。それが他の国のものだという認識が薄い。別に楽しければそれでいいではないかとみんなが思っている。自分たちが同質なように、世界も同質だと勘違いしているのだ。

繰り返しになるが、これは日本批判ではない。わたしは自分がどういう精神構造を持っているかを確認しなければいけないと思っているだけだ。その上で、わたしは個人としては同質性の外側に何とか立っていたい。それはもちろん日本人として生きないという意味ではない。日本を被う同質性の外側から小説を書き、映画を撮りたいということだ。その方法も少しずつだがわかってきた。

外はまだ雨が降っている。湿気が多くて、空気が重い感じがする。

『Ｖｏｌ．５』に収められる最後のエッセイだし、あとがき風に軽く書こうと思ったのだが、なぜかまた日本を巡る話題になってしまった。

そう言えば、金融ビッグバンという言葉も、何の抵抗もなく定着してしまった。日本ハムファイターズの打線をビッグバン打線と言うらしい。ビッグバンというのは宇宙の創世のことだ。そういう極端な名称が必要な改革というものは必ずどこかいかがわしい。イギリスの証券取引所のさまざまな改革を誰かがビッグバンと呼んだわけだが、その言葉をそのまま日本は使用することになり、メディアはそのことをまったく批判しなかった。なぜか？　同質だからです。

外は雨が降り続いている。不況は長く続いていて、一部の経済学者が指摘するようにそれがたとえ恐慌型の構造を持っていても、それがある日突然恐慌に陥ることはないのではないかとわたしは思う。恐慌が発生するのではないかという危機感が世界中にある間は、恐慌は起きないのではないか。二十一世紀初頭、恐慌発生寸前をシミュレートして『文藝春秋』の新しい小説は書かれるので、実際に今年の秋とかに恐慌が起こると困るという個人的な事情もある。

だが、何か起こるかも知れない。恐慌ではないかも知れないが、何か予想を超えたことが起こりそうな予感がある。それが日本の同質性にどういう影響を与えるのか、もちろんそれはわからない。

新しい小説のために、おもに経済と金融の分野だが、いろいろな人に会って話を聞いている。ほとんどの人が日本の未来について非常に悲観的だ。今だったら、近未来の小説で相当乱暴なシミュレーションをしてもリアリティがある。三十年後の日本がどういう状況になっていても不思議はないが、今までのような繁栄はあり得ないだろう。

わたしの勘だが、今、女子高生の援助交際とか少年の犯罪は数年前に比べると僅かだが減少していると思う。彼らの一部は不気味な危機感を持ち始めているはずだ。そして実際に恐慌が発生したら、金目当ての単純犯罪は増えるだろうが、援助交際や少年犯罪はさらに減るのではないか。生きていくことが実際に困難だと彼らが知るからだ。

みんな恐慌は悪だと言う。本当にそうなのだろうか？

解説

佐藤江梨子

『すべての男は消耗品である。Vol.5』堪能して頂けましたでしょうか？　作者自身は、「日記は俺は下手くそだ」とおっしゃられていますが、この本を読んで、天才は人から言われるのでなく、自分で言うモノだと痛い程感じました。

おこがましいのですが、私、佐藤江梨子の紹介を少しさせて下さい。22歳のタレントをしています。来年には女優と呼ばれるのが目標の、吹いたら消える消耗品に近い耐久品（自称女）であります。今回、人気作家のキョショ〜、村上龍さんから〝解説〟のお話を頂いて、本当に天にのぼる程嬉しく思っています。今回がVol.5、歴代、山田詠美さん（解説なのに村上龍さん軽くヒハン）とか、大槻ケンヂさん（コツコツ、グダグダリズム文章）とか、黒木瞳さん（Ｌｏｖｅ Ｌｅｔｔｅｒ ｆｒｏｍ 女優♡みたいな文章）等、えっ？　私でいいの？　と聞きたくなる程、このシリーズの解説は面白い。

そのキャスティングも……と思っておりました。さてさて、私と村上龍さんとの出会いはさかのぼる事10年前、小学6年生の時、ムカツク消耗品面した男子（同小6生）に顔面キックした事から始まりました。軽くケガをさせてしまい、学級会で「佐藤さんが急に蹴《け》って来た」と言われ、先生に、「なぜ蹴ったの？」と聞かれ、迷わず「顔に『蹴ってくれ』って書いてあったんだよ」と言うと、先生に職員室に呼ばれ、渡されたのが『コインロッカー・ベイビーズ』というのは嘘で、高校生の時に付き合ってた彼の部屋にあったのが『限りなく透明に近いブルー』でした。

勿論、中学の時にも村上作品は読んでいた。いままで通って来た道……まるで通学路を思い出すかのように、しっかりと思い出されてきて、何年たっても面白いと感じる、人の気持ちを思い起こさせてくれる文章でスゴイなぁーと改めて感じた瞬間でもありました。体と記憶が一致する……みたいな。本の中だけではなく、映画・映像の中での表現も、目をみはるものがあって、映画『限りなく透明に近いブルー』も何度も観ました。最初観た時は、ああ、本とは違う、何てハショリ方だぁーと……歴史物映画に文句をつける老婆のごとく嘆いていましたが、今は違う。私は〝限りなく透明に近いブルー〟がどんな色か知っている。ゴダールの『気狂いピエロ』のラストの海と空がくっつくようなブルーじゃない。昨日の続きの空の色、だから走れる空の色だと……。さてさて、今回は映画版『KYOKO』の事について書かれていましたね。トパーズ、ラッフルズホテル等、とまぁ、ここで一つ、お会いした事もございませんが、是非、出演者の一人としてでもお声を掛けて頂けませんでしょうか？私はSM嬢役は、きっと断りますが……。って解説という口実に宣伝させて頂きます。

きっと女も消耗品。だけど、芸術品や必需品、耐久品、生産品と思いたい。女代表、あなたの前では高級品＝佐藤江梨子。

——女優

この作品は一九九八年十月KKベストセラーズより刊行された
『すべての男は消耗品である。Vol．5』を改題したものです。

明日《あす》できることは今日《きょう》はしない

すべての男《おとこ》は消耗品《しょうもうひん》である。Vol.5

村上龍《むらかみりゅう》

平成16年8月5日　初版発行

発行者——見城徹
発行所——株式会社幻冬舎
〒151-0051東京都渋谷区千駄ヶ谷4-9-7
電話　03(5411)6222(営業)
　　　03(5411)6211(編集)
振替00120-8-767643
印刷・製本—中央精版印刷株式会社
装丁者——高橋雅之

幻冬舎文庫

ISBN4-344-40559-5　C0195　む-1-23